제법 괜찮은 오늘

목차

산책의 비밀 007

믿어 주세요! 024

친애하는 나의 말라깽이 041

봄의 소리 060

명란 계란말이는 공짜가 아니다 077

짝퉁 표창장 101

양념갈비가 익어 가는 시간 119

스윗, 마이 스윗 가든 137

괴력의 정보미 154

나이스 캐치! 173

괜히 고백했어 191

해피를 찾아서 210

작가의 말 230

산 책 의 비 밀

진선과 효상

 똥 밟았다, 그것도 아주 제대로 푸욱. 새 운동화에 똥칠이라니!

 발뒤꿈치가 까졌을 때 알아봤어야 했다. 대체 누가 개똥을 치우지 않고 갔냐고 바락바락 악을 쓰고 싶었지만 그건 내 스타일이 아니다. 주위를 살피면서 까치발을 하고 화단 근처로 이동했다.

 똥 묻은 발을 근처 가로수 밑둥치에 문질렀다. 기분 탓일까. 발을 비비적대며 나무에 문지를수록 똥 냄새가 코끝을 찌르는 것 같았다. 마음 같아서는 신발을 벗어 들고 탈

탈 털고 싶었지만 그럴 시간이 없었다. 소고기 단호박 케이크는 한정판이라 서두르지 않으면 살 수가 없다.

사거리 앞 '러브 도기'에서는 매주 목요일에만 수제 소고기 단호박 케이크와 소떡소떡을 판매한다. 우리 루이는 편식을 하지 않는 사랑스러운 이탈리안 그레이하운드지만 소고기 단호박 케이크라면 자다가도 벌떡 일어난다.

일정에 없던 영어 학원 보충 수업만 생기지 않았다면 허둥대지 않았을 것이고, 여유롭게 걸었다면 똥 밟을 일도 생기지 않았을 것이다. 똥을 밟지 않았다면 똥 묻은 신발 바닥을 가로수에 문지르는 흉한 꼴도 보이지 않았겠고, 길에서 시간 낭비를 하고 있지도 않았을 거다. 횡단보도 신호등이 바뀌자마자 미친 듯이 뛰었다.

역시 운동 부족인가?

숨이 가빴다. 나의 소뇌가 골격근 운동을 제대로 통제하지 못했다. 마음은 이미 '러브 도기' 출입문을 열고 있는데 두 다리는 내 마음을 따라잡지 못한 채 흐느적거렸다.

"사, 사…… 하아아, 장니임! 케이크……."

출입문을 열자마자 케이크 진열대부터 살폈다. 'Sold Out' 허깨비가 보였다. 진열대에 붙은 메모를 외면하고 계산대에서 손님 응대를 하고 있는 사장님에게 다가갔다.

"한발 늦었네, 진선이."

"한발이 아니라 발이 똥발이라…… 어? 너……."

김효상이었다. 우리 반 은따를 '러브 도기'에서 만날 확률은 얼마나 되려나. 그보다 중요한 것은 김효상이 마지막 소고기 단호박 케이크를 들고 있는 현실이었다.

맘마미아!

나도 모르게 김효상 손에 들린 소고기 단호박 케이크를 매섭게 노려보았다. 노려본다고 내 것이 될 리 없었으나 그냥, 괜히 억울한 생각에 눈에 힘이 잔뜩 들어갔다. 김효상은 평소 늘 그랬던 것처럼 눈치를 보더니 "잘 가."라는 사장님 인사도 듣는 둥 마는 둥 하고 도망치듯 가게에서 나가 버렸다.

"사장님, 그냥 나만 살짝 예약해 주면 안 돼요? 소문 안 낼게요."

"안 됩니다, 손님. 우리 가게는 모든 손님에게 공평합니다."

학원 스케줄이 빡빡하다고 칭얼대 봤자 소용없었다. '러브 도기' 사장님은 원칙주의자이기 때문이다.

"아는 눈치던데. 진선이 친구 아니니?"

"알긴 뭘 알아욧! 누가 은따랑 친구 먹어요!"

큰 소리를 쳤지만 나에게는 절대 타협할 수 없는 원칙이 하나 있다. '무슨 일이 있어도 우리 루이한테는 최선을 다한다!' 숙제가 산더미같이 쌓여 있고 시험이 내일이라도, 루이 산책은 꼭 내가 시키고 루이 간식은 꼭 내 손으로 산다. 내 소중한 친구 루이에게 책임을 다하고 싶었다.

사거리 앞 신호가 길어서 정말 다행이었다. 횡단보도 앞에 선 김효상이 내 시야에 잡혔다.

"야, 김효상!"

내가 부르는 소리에 김효상이 놀란 모양이었다. 어깨 근육이 움찔하는 게 잔뜩 쫄았다는 증거니까. 하긴 지금 이 순간처럼 자신의 존재감을 타인에게 뿜뿜한 적도 처음일 것이다. 우리 반에서 제일 접합점이 없는 존재가 있다면 전교 1등인 나랑 존재감 제로인 은따 김효상이다.

"내가 부르는 소리 못 들었어? 설마 일부러 못 들은 척 하는 건 아니지?"

김효상이 고개를 돌렸다. 뭐라고 대답이라도 하면 좋으련만 이 답답이는 고개를 내 쪽으로 돌리고도 날 똑바로 쳐다보지 못했다.

"사람이 말을 건네면 눈을 마주치는 게 매너야. 대화할 때 눈을 쳐다보기 힘들면 상대방 인중으로 시선을 고정하든지. 그게 상식이야."

이렇게 친절하게 설명해 줬는데도 김효상 입에서 흘러나온 소리라고는 "아!"가 전부였다. 애가 눈치라도 있으면 좋았을 텐데, 아쉽게도 김효상은 눈치가 꽝이었다. 하긴 눈치가 빨랐다면 은따가 될 일도 없었겠다.

"너, 강아지 키우니?"

김효상이 눈치 없다는 말은 취소다. 강아지 키우냐는 내 질문에 김효상이 손에 들고 있던 쇼핑백을 가슴팍으로 끌어안았다.

"아니…… 아직은 아닌데……."

반려견을 키우면 키우는 것이지 아닌 건 뭐고, 아직 아니란 소리는 뭐지? 미래의 언젠가는 반려견과 함께할 거란 의미인가? 그렇다면 지금 김효상이 갖고 있는 소고기 단호박 케이크는 무용지물이란 소린데…….

"김효상, 내가 학원 때문에 아주 간발의 차이로 늦어서 그러는데 네가 들고 있는 그 케이크, 나한테 줄래? 우리 루이가 목요일에는 밥도 안 먹고 그것만 기다리거든."

김효상이 나를 빤히 쳐다보았다. 나를 보는 눈동자가 흔들림이 없이 단호해서 조금 놀랐다.

얘가 이렇게 사람 눈을 똑바로 쳐다보는 애였나?

"물론 공짜는 아니고 내가 다른 강아지 간식을……."

내가 말을 마치기도 전에 횡단보도에 보행 신호가 들어왔다. 김효상이 초록색 신호등을 향해 뛰어갔다. 내 발밑에는 케이크가 든 쇼핑백이 놓여 있었다.

이렇게 급발진하면 곤란했다. 김효상이 무슨 생각과 의도를 갖고 대뜸 케이크를 건네는지 내가 아직 해석하지 못했으니까 말이다.

이 세상에 공짜는 없는데 얘가 나한테 뭘 바라고 이러는 것일까. 내 손에 쇼핑백을 건네지도 못하고 도망치듯이 발아래 내려놓고!

"참 나. 저러니 은따를 당하지."

나는 지고는 못 사는 인간이기도 하지만 신세를 지고도 그냥 쌩, 안면몰수도 못 하는 인간이다. 인간이 짐승과 다른 점은 신세를 졌으면 '땡큐'라고 점잖게 인사라도 할 줄 아는 염치가 있어야 한다는 것 아닐까. 난 '러브 도기'에서 산 꼬꼬링 쿠키를 반드시 김효상에게 줘야만 했다. 그런데 김효상은 코빼기도 보이지 않았다. 그놈의 '땡큐' 때문에 공원 언저리에서 서성대며 시간을 얼마나 허비했는지 모른다.

꽃샘추위가 여전했다. 나는 루이에게 노란색 니트 조끼를 입히고 가슴 줄을 다시 채웠다.

"한 번만 더 돌고 집에 가자, 루이. 이번엔 진짜야. 수학 숙제 해야 한다고."

내 말이 마치기가 무섭게 루이가 고개를 바짝 들고 앞장서서 걸었다. 루이와 함께 산책을 나갈 때면 우아한 루이의 걸음걸이에 사람들이 한 번씩 우리를 돌아봤다. 루이는 사람들의 시선을 즐기는 방법을 알면서도 사람들이 칭찬한다고 해서 경박스럽게 애교를 부리거나 손길을 갈구하지도 않았다. 호감을 표하는 낯선 이들에게 절대로 시선을 주지 않고 관심 없다는 듯 먼 곳을 응시했다. 이런 태도 때문에 루이를 본 사람들은 더 안달했다. 루이는 밀당의 귀재였다.

김효상 찾기를 허탕치고 집으로 가는데 이놈의 김효상

이 공원 후문 쪽으로 나가려고 했다.

"야아! 김효오오오오쌍!"

무서운 속도로 김효상을 향해 달렸다. 반드시 김효상을 붙잡아 은혜를 갚고 끝내야 했다. 전력 질주를 한 게 얼마만인지 기억나지 않았다. 토할 것 같은 기분으로 소나무 아래 벤치에 널브러졌다. 죽어라 뛸 일이 생길 걸 예상치 못한 탓에 루이의 물통도 갖고 오지 않았는데, 루이가 혀를 빼물고 헐떡거렸다. 마른침을 삼키며 루이의 머리를 쓰다듬었다.

"침 삼켜, 루이."

루이의 발 앞으로 김효상이 강아지 물그릇을 내려놓았다.

"너, 어디 갔었어? 주말에 산책 안 나와?"

김효상의 반려견은 솜사탕 같았다. 몽글몽글한 애가 아무나 보고 달려들어 배를 보여 줬다.

"어디 안 갔는데? 봉봉이랑 산책하고 있었어."

솜사탕이 작은 혀를 빼물고 내 다리에 제 엉덩이를 딱 붙이고 앉았다. 쪼그만 게 애교를 부릴 줄 알았다. 루이랑은 다른 매력이 있는 친구였다.

"얘 이름이 봉봉이야? 무슨 뜻인데, 봉봉?"

처음으로 김효상 얼굴에 '난처함'이란 감정을 읽을 수 있었다.

"내가 좋아하는 음료수가 '포도 봉봉'이거든."

하아, 이럴 줄 알았다. 이렇게 작고 귀여운 애한테 그런 성의 없는 이름을 붙이다니! 김효상다웠다.

강아지한테 음료수 이름이나 갖다 붙이니까 은따 같은 걸 당하지!

김효상이 물을 마시는 루이를 주시하더니 쭈뼛거렸.

루이가 궁금한 건가? 나는 왜 포커페이스 김효상이 어떤 생각을 하는지 훤히 들여다보이는 것일까.

"얜 루이야. 프랑스 태양왕 루이 14세에서 따온 이름이야. 루이 14세 알지? 베르사유 궁전 지으라고 시킨 왕. 화려한 사람이었지. 우리 루이처럼 우아하고."

나는 촌스럽게 우리 루이가 혈통을 지닌 귀족견이라고 자랑하지 않았다. 물을 다 마신 루이가 물그릇을 발로 쓱 밀었다. 힘 조절에 작은 실수가 있었는지 간이 물그릇이 뒤집어졌다. 그 소리에 봉봉이가 놀라서 내 다리 뒤로 숨는 바람에 루이와 봉봉이의 목줄이 꼬였다.

"얜 어디 출신이야? 족보 말이야."

"사실 너랑 '러브 도기'에서 만난 날이 우리 봉봉이를 길에서 집에 데려온 날이었어."

"그럼 얘…… 유기견…… 아니, 스트리트 출신이야?"

내 물음에 김효상이 고개를 끄덕이며 쪼그리고 앉아 꼬인 목줄을 풀었다. 낯선 이가 자신을 쳐다보는 것까지는 용납해도 가까이하는 건 질색하는 루이가 어쩐 일인지 김효상을 보고는 시선을 맞추며 꼬리를 흔들었다. 갈증을 해결해 준 은혜라도 갚겠다는 의미인가.

김효상이 우리 루이한테 양보했던 쇠고기 호박 케이크는 봉봉이 입양 기념 선물이었다. 나는 뻔뻔스럽게 그 케이크를 요구한, 아니 가로챈 인간이 되고 말았다. 물론 김효상은 얼마든지 거절할 이유와 기회가 있었다. 그걸 포기한 것은 김효상 마음이었으니 내가 께름직해야 할 이유는 세상에 없었다. 그러나 나는 누구에게도 흠이 잡히거나 신세를 질 이유가 없는 사람이다.

"그런데 이진선, 너 같은 애가……. 나쁜 뜻은 아니고, 왜 날 찾았어?"

"어? 아, 널 일부러 찾은 건 아니고. 너의 봉봉이한테 내가 신세를 졌으니까 빨리 갚아야지."

"괜찮은데. 봉봉이도 이해할 거야."

김효상은 쓸데없는 배려심을 갖고 있었다.

봉봉이가 이해하긴 뭘 이해해?

"김봉봉이, 우리 간식 먹을까? 너네 형은 밥만 주지?"

쇼핑백 안에서 꼬꼬링을 꺼내자마자 봉봉이가 꼬리를 흔들고 난리였다. 사슴 같은 눈망울 안에 내가 가득 담겼다. 봉봉이가 날 향해 달려들었고, 나는 봉봉이를 안아 들었다. 봉봉이의 온기가 느껴지자 자꾸만 웃음이 나오려고 했다. 내 주위 아이들한테서는 절대 받아 볼 수 없는 온기였다.

"넌 봉봉이 마음을 너무 모른다. 이것 봐. 봉봉이 최애 간식은 꼬꼬링이네."

내 말에 김효상이 웃었다. 김효상은 웃을 때 왼쪽에만 보조개가 들어갔다. 손가락으로 콕 찍어 누른 것 같은 작은 보조개였다. 나는 보조개에서 눈길을 돌리고 용건만 간단히 말했다.

"어쨌든…… 고마웠어, 그날."

김효상은 고개를 끄덕였다. 우리는 루이와 봉봉이를 데

리고서 함께 걸었다. 함께 어깨를 나란히 마주하고 걷는 게 오랜 습관인 사람들처럼 공원을 뱅글뱅글 돌았다. 처음에는 반 아이들이라도 만날까 은근히 신경 쓰였는데 걷다 보니 별다른 생각이 없어졌다.

나는 나를 이용하려고 했던 아이들에 대해 주절댔다. 김효상이 묻지도 않았는데 말이다.

순진했던 중학교 1학년 때, 나는 친구들만 있으면 무조건 오케이였다. 이 세상에서 날 알아주고 내 편이 되어 줄 수 있는 존재는 친구들이라고 믿었다. 그런데 내가 화장실 칸에 있는 줄도 모르고 내 뒷담화를 하는 아이들을 발견하고는 온갖 정나미가 떨어졌다.

"아까 수학 문제 설명할 때, 이진선 표정 봤어? 완전 밥맛. 세상 수학 저 혼자 푸는 것처럼 굴지 않냐?"

어처구니가 없었다. 모르겠다고, 가르쳐 달라고 갖은 아양을 떨 때는 언제고 뭐가 어쩌고 어째? 도둑고양이처럼 숨어서 엿듣기보다 뭣 하는 짓들이냐고 따졌어야 했는데…… 나는 그러지 못했다.

"야, 시험 때 써먹을 수 있잖아. 이진선만큼 시험 문제를 귀신같이 잘 찍어 주는 애가 어딨어."

배신감이 내 몸과 마음을 강타했다. 어리석게 친구라고 믿었던 애들에게 화낼 가치조차 없었다. 저런 인간들에게 화를 내며 감정 소모할 에너지가 아까웠다. 어차피 내 수준에 맞는 아이는 없으니까, 그저 열공해서 일류 대학에 가면 그만이다. 인생 별것 없다고 믿게 되는 순간을 좁디좁은 화장실 칸 안에서 맞았다.

"이진선은…… 내가 생각했던 것보다 대단하네. 역시 전교 1등은 아무나 하는 게 아니구나."

작은 목소리로 속삭였지만 나는 김효상이 하는 말을 똑똑히 들었다. 그 목소리가 내 심장에 대고 조심스럽게 노크하는 것처럼 또렷하게 느껴졌다. 딱딱했던 심장이 단호박 케이크처럼 물러지는 순간이었다.

"넌 봉봉이, 처음에 어떻게 만난 거야?"

김효상이 봉봉이를 구조하고 입양하게 된 이야기를 들으면서 나는 공원 산책로가 끝나지 않았으면 싶었다. 같은 길을 세 차례나 맴돌았지만 하나도 지루하지 않아서 신기했다.

다음 산책 시간을 언제로 할까, 묻고 싶었지만 난 이런 일에 익숙한 사람이 아니다. 그런데 눈치 없는 김효상은 봉봉이의 속도에 맞춰 천천히 걷기만 했다. 김효상 페이스에 휘말리느니 내가 선수 치는 게 낫겠다 싶은 찰나였다.

"도둑이야!"
공원 둘레의 골목길에서 누군가 외치는 소리에 나도 모르게 무언가를 붙잡았다. 위기의 순간에 인간은 가장 소중한 것을 지키고자 하는 욕망이 크다고 하는데, 하필이면 내가 꽉 잡은 것이 어처구니없었다.
"이진선, 놔도 괜찮을 거 같은데?"
김효상은 봉봉이를 안아 들었는데 나는 나의 소중한 루이 대신 김효상의 팔을 움켜쥐고 있었다. 루이가 줄이 풀린 채 멍한 얼굴로 나를 올려보았다.
"쏘리."
루이한테 한 말인지, 김효상한테 건넨 사과인지는 밝히지 않겠다.

학교에서 김효상은 늘 똑같았다. 혼자 앉아 있고, 혼자 멍 때리고, 혼자 밥을 먹고, 이야기 나누는 사람 하나 없이 마치 교실 안에 흐르는 공기처럼. 여전히 은따였다.

하, 진짜 신경 쓰이네. 뭐야? 쟤 왜 저렇게 멀쩡해? 나만 쟤를 기다린 거야?

학교에서 김효상에게 돌아가려고 하는 시선을 애써 참아 내며 저녁마다 루이와 산책하며 김효상을 기다렸다. 그러나 김효상은 일주일째 스트리트 출신 봉봉이랑 공원에서 자취를 감췄다. 그게 몹시 내 신경을 건드렸다.

얘가 사람 간을 보나? 내가 먼저 같이 산책하자고 빌게 만들려는 속셈인가?

지난 며칠 동안 휴대폰 달력을 노려보며 김효상이 봉봉이랑 산책 나오지 않았던 날을 헤아렸던 기억이 떠오르자 열이 확 올랐다. 루이랑 공원을 몇 바퀴나 돌았는지 모른다. 김효상은 나를 농락하고 신경 쓰이게 만들어서 은따 처지에서 벗어나려는 치밀한 계획을 갖고 있는 게 분명했다.

김효상의 턱도 없는 작전에 놀아날 내가 아니지!

확실히 경고를 해 줘야 했다.

그리고 타이밍이 왔다. 나는 타이밍을 놓치지 않고 재빠르게 움직였다. 미적대며 화장실로 가려는 김효상의 뒷덜미로 손을 뻗은 건 두뇌가 아니라 내 심장이 민첩한 탓이었다.

복도 후미진 곳으로 김효상을 끌고 갔다. 공원에서 '도둑이야!' 소리를 들었을 때처럼 내가 먼저 김효상을 잡았다. 김효상이야말로 냉철한 나의 이성을 잡아가는 도둑이었다.

"너, 왜 봉봉 데리고 산책 안 나왔어?"

질문하는 나보다 김효상이 더 긴장한 채 주위를 두리번거렸다. 다른 애들한테 우리 둘이 대화하는 걸 들킬까 봐 걱정하는 눈치였다. 들키면 자기보다 내가 더 손해인데 연신 조용히 하라는 손짓을 했다.

"이래도 괜찮아, 너?"

"당연히 안 괜찮지. 그걸 말이라고. 야, 김효상. 너, 나랑 산책하는 거 비밀로 해."

무표정한 김효상의 얼굴이 자꾸만 신경 쓰였다. 얘는 얼굴 표정 하나로 사람을 불편하게 만드는 기술을 갖고 있다. 지금은 '안 괜찮다'는 내 말에 풀이 죽은 게 또렷이 보였다.

아이 씨, 진짜 신경 거슬리게……. 고개는 왜 숙이는 거야? 은따가 무슨 죄야?

나는 다시 발길을 돌려 김효상 앞에 섰다. 또, 또, 또! 말도 없이 나를 보는 눈빛이 '왜 다시 왔냐?'고 물었다. 김효상의 얼굴만 봐도 무슨 말을 하는지 읽어 내는 내 능력이 짜증난다.

"나랑 산책한 거 들켜도 난 상관없긴 해, 너만 괜찮다면. 내 말, 무슨 뜻인지 알아들었지?"

그제야 김효상의 표정이 묘하게 변했다. 일자로 곧게 뻗은 눈썹이 꿈틀거렸다. 어쩐지 김효상이 웃을 것만 같아서 재빨리 돌아섰다.

김효상이 봉봉이를 데리고 나오면 루이와 봉봉이를 위해 이번엔 내가 소고기 단호박 케이크를 사야겠다. 새로운 산책 친구를 사귀었으니까.

믿어 주세요!

신원호

세상은 넓고 음료수의 종류는 나날이 새롭다. 대련이 있는 날이면 이온 음료를 마시고 가야 뭔가 계획한 대로 몸이 움직이는 느낌이 들어서 다른 날보다 신중하게 음료수를 고르게 된다.

"운동 가나 봐. 그거 1+1인데, 할 거면 두 개 가져와요."

"아…… 네."

사려고 했던 건 이게 아닌데 어버버하다가 얼결에 두 개를 집어 들었다. 계산하고 편의점 밖으로 나왔다. 한숨이 저절로 흘렀다. 답답한 마음에 음료수 하나를 벌컥 들이컸다.

"내가 그렇지, 뭐. 꺼어억!"

트림은 이렇게 거침없이 하면서 왜 싫다는 말, 아니라는 거절의 말은 못 하는지 모르겠다. 운동도 그렇다. 이놈의 소심함 대신 거침없이 살고 싶어서 시작했는데, 운동을 처음 시작한 날부터 단추를 잘못 끼웠다.

주짓수를 시작한 지 4년이 흘렀다. 내가 배우고 싶은 운동은 사실 합기도였다. 우리 동네에서 두 정거장 거리에 체육관이 즐비한 골목이 있다. 권투, 합기도, 태권도, 킥복싱까지 웬만한 무도 체육관은 그곳에 다 몰려 있다. 그리고 큰마음 먹고 운동을 하겠다고 체육관 골목을 찾아간 첫날, 얼마나 긴장했는지 엉뚱한 곳으로 발을 들였다. 도장에 들어가서는 쭈뼛거리며 이름 석 자를 간신히 말한 다음 등록을 하고 눈치를 보며 몸풀기 동작을 했다. 낯선 공간, 낯선 사람들. 처음 하는 운동에 근육은 물론이고 뇌까지 굳는 느낌으로 다닌 지 이 주일이 지나서야 뭔가 잘못되었다는 것을 알았다.

"신원호, 우리 도장 오기로 해 놓고 어디 가냐? 너, 주짓수 배워?"

나에게 합기도를 권한 태형이를 같은 건물 입구에서 만난 것은 코미디였다. 나는 지하로 향하는 계단을 내려보았고, 태형이는 엘리베이터에 올라 3층 버튼을 눌렀다. 그랬다. 합기도는 3층, 내가 등록한 지하 1층은 주짓수 도장이었다. '용인 태권도', '필승 킥복싱', '피플 필라테스' 등 상호명이 분명한 수많은 체육관에 비해 '무도의 길'이란 상호는 나를 헷갈리게 만들기 충분했다. 합기도 도장이 아니라 주짓수 도장이란 것을 알았을 때 재빨리 잘못을 바로잡았어야 했지만, 극소심한 나에게 환불의 기술이 있을 리 없었다.

"제가 도장을 잘못 찾아왔습니다. 죄송하지만 환불해주실 수 있겠습니까? 이 주일 배웠으니 그만큼의 레슨비는 제하고 주셔도 됩니다."

마음으로는 이 말을 수십 번 외쳤지만 입도 벙긋 못하고 침만 삼켰다. 불편한 마음을 숨기는 재주는 없었는지 관장님은 그날 몇 번이나 나에게 컨디션이 괜찮냐고 물어봤다. 내 컨디션을 일일이 설명할 주변머리가 없어서 나는 빙긋 웃는 것으로 대신했다. 환불에 실패했으니 다음 달에 옮기면 되겠거니 했지만 '무도의 길'에 익숙해진 나는 주짓수의 길을 묵묵히 걸어 나갔다. 차마 환불해 달라는 말을 못 해서 4년을 넘게 주짓수한다는 사람은 지구상에 나뿐일 것이다.

남은 1+1 음료수 캔을 땄다. 음료수를 마시려는데 축구공이 날아와 어깨를 강타했다. 한 무리의 초딩들이 "죄송합니다!" 소리를 꽥 지르더니 전혀 미안하지 않은 태도로 축구공을 갖고 도망치듯 달아났다. 우물쭈물하는 사이에 버릇없는 초딩들에게 "공은 운동장 가서 차!" 라던가 "야! 이놈들아, 사과는 고개 숙여서 하는 거다!"라는 악다구니도 못 했다.

하필이면 흘린 음료수가 바지 앞섶에 흉한 자국을 남겼다. 모르는 사람이 보면 다 큰 녀석이 바지에 오줌을 싼 줄 착각할 정도였다. 짜증이 밀려들었다. 큰 소리로 초딩들이 달아난 골목을 향해 욕을 쏟아붓고 싶은 마음이 굴뚝같았지만 음료수 캔을 편의점 입구 쪽에 있는 쓰레기통을 향해 던지는 걸로 분을 삭였다.

슈웃, 고오오…… 노골.

쓰레기통마저 나를 비웃는지 음료수 캔을 받아 주지 않았다. 요란한 소리를 내며 캔이 바닥에 나뒹굴었다.

"쯧쯧, 요즘 애들이란……. 쓰레기는 제대로 버려야지. 이거야, 원. 아무 데나 휙휙 버릴 거야?"

지나가던 할아버지가 대놓고 나무랐다. 반바지 차림에 초록색 야구 모자를 쓰고 배드민턴 라켓 가방을 등에 짊어진 할아버지는 의욕이 넘쳐 보였다. 옆에 선 할머니가 그런 할아버지에게 한마디 했다.

"그만해요. 요즘 애들이 얼마나 무서운데. 영감, 그러다 죽어요."

나는 그런 '요즘 애'가 아니라고 항변도 하지 못하고 눈치만 보다가 슬쩍 음료수 캔을 주워서 쓰레기통에 제대로 버렸다. 할아버지는 세상이 어찌 되려는지에 대해 한탄을 늘어놓으며 요즘 애들을 걱정하기 시작했고, 할머니는 인성 교육의 중요성을 강조하며 요즘 애들을 안쓰러워했다.

"그런 거…… 아닌데……."

혼잣말을 채 마치기도 전에 할아버지가 내게 다가왔다. 이제 대놓고 욕하려나 보다 하는데 갑자기 할아버지가 손을 쓱 내밀었다. *할아버지 손바닥에는 홍삼 젤리 하나가 있었다.*

"먹어. 이거 먹고 앞으로는 쓰레기 잘 버리도록. 잘하자, 오케이?"

"네? 아…… 네. 오케이."

바보 같은 대답이었다. 할아버지는 셔틀콕처럼 가볍게 날아가듯 가 버렸다. 욕도 주고 홍삼 젤리도 준 할아버지라니! 기분이 나쁘지 않았다. '잘하자'라는 기합에는 하마터면 웃음이 터질 뻔했다. 회색 추리닝을 입은 탓에 앞섶에 흘린 음료수 자국이 신경 쓰여서 천천히 걷고 있는데 비명이 들려왔다.

"도둑이야!"

해도 안 떨어졌는데 도둑이라고? 대놓고 도둑질? 대한민국 치안이 이렇다고?

설마 하는데 진짜 도둑이 길 끝에서 달려오는 것이 또렷이 보였다.

"학생! 도둑, 도둑!"

어어어 하다가 머리보다 근육이 먼저 민첩하게 움직였다. 도둑과 눈이 마주치고 팔이 앞으로 나아가고, 싱글렉을 잡고 테이크 다운을 시키고…… 몸이 왜 이렇게 저절로…….

잡았다!

훈련을 시작하기도 전부터 근육통이 장난 아니었다. 그러나 마음의 근육은 더 엉망이었다. 내가 무슨 일을 당했는지 아무도 모른다. 상상조차 할 수 없을 것이다.

사범님의 시작 신호와 동시에 상대를 살폈다. 평소라면 공격을 최선의 방어라고 생각하는 내 신념을 몸소 실천했겠지만, 오늘은 사정이 달랐다. 상대를 향해 팔을 뻗으려다가 말았다. 나를 향해 인정사정없이 팔을 뻗던 도둑의 공격적인 모습이 뇌리에서 떠나지 않았다. 팔이 떨렸다. 손을 뻗었다가 말고 주춤거리자 사범님이 호통을 쳤다.

"신원호, 동작이 왜 이리 산만해! 정신 안 차릴래?"

강하게 공격을 시도하라는 사범님의 지시를 어기려는 것이 아니었다. 몸이 말을 듣지 않았다.

"어허, 녀석. 오늘따라 이상한데?"

대련 상대 길우 형이 내 상태를 파악하고 팔만 공격하기 시작했다. 길에서의 상황이 오버랩되는 순간, 몸이 딱딱하게 굳었다. 급기야 팔이 꺾이자 나도 모르는 비명이 단전에서부터 솟구쳐 나왔다. 모두가 놀라 나를 주목했다. 대련하던 길우 형도 공격 동작을 멈추고 벙찐 얼굴로 나를 살폈다.

"너, 어디 아파? 왜 그래?"

길우 형이 내 손을 잡고 일으켰다. 날 부축하는 손길에서 걱정스러움이 묻어났다. 매트 위에 몸을 공벌레처럼 굴렸다. 그런 나를 보고 사범님이 기가 막힌 표정으로 한마디 했다.

"너, 갑자기 무슨 트라우마라도 생긴 거야? 왜 자꾸 팔 근처만 가면 몸을 사려?"

역시, 사범은 아무나 하는 게 아니었다. 날카로운 사범님의 지적에 하마터면 고백할 뻔했다. 내가 어떤 일을 당했는지. 그러나 나는 입을 꾹 다물었다. 골목에서의 일은 그 누구도 몰라야 할 비밀이었다.

사범님이 갑자기 날 향해 몸을 날렸다. 급습이었다. 하고 많은 곳 중에서 하필이면 또 팔이었다. 나는 잽싸게 몸을 굴려 사범님의 공격을 피했다. 손끝 하나 내 몸에 닿지 않았는데 나는 비명을 지르고 말았다.

"안 돼요, 거기는!"

당황한 사범님이 날 보고 허탈한 표정을 지었다. 내 비명 소리는 도둑이 내질렀던 것과 비슷했다.

눈앞에서 셔틀콕이 날았다. 배드민턴 라켓을 이리저리 휘두르는 아이들을 보고 있자니 내 팔이 다 저리는 기분이었다.

팔목이 꺾이면 아프겠지? 얼마나 아프려나?

두통이 심하다는 핑계를 대고 체육 시간에 빠지겠다고 하자 체육 선생님이 의심의 눈초리로 나를 뚫어질 듯 쳐다봤다. 하지만 내 말은 진심이었다. 골치가 아팠다. 학교에서 아이들이 떠드는 소리를 듣기 전까지 어제의 사건을 잊을 수 있을 것이라 생각했는데 오판이었다. 다리를 쩔뚝거리며 정수오가 다가왔다. 배드민턴을 치다가 발목을 접질린 것 같다고 엄살을 떨었다.

"야, 신원호. 소문 들었냐? 우리 학교 애가 도둑을 잡았대."

마음 같아선 '우리 학교 앤 줄 어떻게 알아?'라고 쏘아붙이고 싶었지만 멀거니 수오 눈치만 봤다. 수오는 마치 목격자처럼 주절주절 떠들었다.

"CCTV로 찾았다더라? 하긴, 이 동네에 우리 학교 말고 또 있나? 아무튼 경찰이 그 학생을 찾고 있다던데……. 찾았으려나? 누군지 진짜 궁금한데."

날벌레를 향해 수오가 배드민턴 라켓을 휘둘렀다. 살려고 이리저리 피하는 날벌레를 보고 있자니 한숨이 저절로 흘러나왔다. 발이 저려 왔다. 코에 침을 바르면 발 저리는 게 낫는다는 말이 비과학적이라는 걸 알면서 나도 모르게 코를 만지는 척하면서 혀를 내밀어 새끼손가락에 침을 슬쩍 발랐다.

네가 궁금하면 어쩔 건데? 찾아내면 또 어쩌려고. 갠 조용히 잊히고 싶을 거란 생각 안 하나?

결국엔 속엣말은 한마디도 못 하고 공중으로 튀어 오르는 셔틀콕만 노려봤다. 어떻게든 골목에서 일어난 사건을 잊고 싶은 마음이 굴뚝같았다.

"활약이 대단했다나 봐."

"누⋯⋯ 누가?"

"누구긴 누구냐. 도둑 잡은 애지. 완전 날아다녔다나 봐. 도둑이 거의 죽었다는데?"

"주⋯⋯ 죽어? 도둑이 죽었다고!"

이럴 줄 알았다. 아니다. 난 아직 그 정도의 수련을 마치지 못했는데 어떻게 된 일일까? 아, 수련이 미숙하니 힘 조절이 엉망이었던 게 분명하다.

사부님이 늘 그랬다. 힘 조절을 잘하는 것이 고수의 품격이라고, 아무 때나 뻗치는 힘을 다 쏟아부으면 고수가 되긴 애당초 틀렸다고 말이다. 그런 까닭으로 순간의 두려움에 멘털이 깨진 건 수련이 부족해서다. 이유야 어떻든 전부 내 탓이고, 상황이 이렇게 되었다면 내가 갈 길은 하나였다. 아무리 의도가 좋았다고 한들 결과가 엉뚱한 곳으로 흘렀으니 책임을 져야만 했다.

"이거 먹을래?"

수오가 내 앞에 불쑥 홍삼 젤리를 내밀었다.

애가 누굴 놀리나.

수오도 아는 거다. 내가 거절하지 못하고 받아 들 것을. 이번에는 수오의 시선이 교문 쪽으로 향했다. 내 고개도 저절로 수오의 시선을 따라갔다.

"어? 경찰차다."

모든 게 끝났다.

살면서 교무실도 아니고 교장실로 불려 가게 될 줄은 꿈에도 몰랐다.

교장실로 향하는 복도가 이렇게 길었던가.

그 여느 때보다 보폭을 좁혀서 느릿느릿 걸었다. 복도를 걷는데 사건의 배경이었던 골목이 눈앞에 펼쳐졌다.

내가 미쳤지. 무슨 깡으로 나섰을까? 에휴, 홍삼 젤리 할아버지의 '요즘 애들' 소리에 반항심이 일었던 탓일까. 그러니까 세상에는 좋은 요즘 애들이 바글바글하다구요!

요즘 애들이란 말이 부정적인 의미 말고 긍정적인 의미가 되었으면 하는 바람과 할아버지가 건네준 홍삼 젤리에 보답하고 싶은 마음이 무의식중에 나타났을 것이다.

'도둑이야!' 소리에는 몸이 먼저 움직였다. 나의 반사 신경이 그토록 뛰어난 줄 난생처음 알았다. 눈을 질끈 감고 담벼락에 몸을 바짝 붙이고 모른 척했으면 좋으련만. 눈앞에 다가오는 도둑과 눈이 마주치고 동시에 내 팔과 다리가 뻗어 나갔다. 도둑의 뒷덜미를 잡았지만 거부 반응이 거셌다. 예상치 못한 것은 아니었으나 당황했다. 격한 반격에 내 몸이 뒤로 밀렸고, 나는 생명의 위험을 느꼈다.

살아야 한다!

머릿속에는 이 생각뿐이었다. 수많은 시간 동안 도장에서 연습했던 동작이 자연스레 연결되었다. 도둑의 멱살을 잡고 내동댕이쳤다. 〈어벤져스〉에서나 봤던 장면을 내가 연출하리라고는 상상도 못 했는데…….

그나저나 도둑이 나에게 뭐라고 했더라?

"놔주세요!"

교과서에서나 나올 법한 대사였다. 뜻은 유사했으나 표현은 엄청 거칠었다. 욕설이 골목 안에 메아리쳤고, 나는 정신이 없었다. 살고 싶었고, 도둑을 놓치고 싶지 않았다. 그래서 나에게 덤벼드는 도둑에게 필살기를 날렸다.

"으아아아악!"

도둑의 팔을 꺾었다. 절대 의도하고 계획한 동작이 아니었다. 단지 무서웠다. 내가 겪은 대련 상대들은 내가 승기를 잡으면 "오케이!"라며 흔쾌히 나에게 항복을 선언했는데 도둑은 달랐다. 하긴, 도둑이 순순히 나에게 "You win!"이라고 소리쳤다면 더 무서웠을 것이다.

그 뒤로 시간이 어떻게 흘러갔는지 기억이 가물거렸다. 몇몇 사람들이 몰려들었다. 누군가는 "경찰 불러." 하고 외쳤고, 누군가는 내 등을 두드리며 "팔 풀어, 학생."이라고 했다. 입안에 침이 바싹 말랐다. 담벼락에 기대 숨을 몰아쉬는데 경찰차가 골목 입구에 들어서는 게 보였다.

"경찰! 여기요, 여기! 학생은 경찰서 가서 조서에 참여

해야지."

"하…… 학원, 아니 도……."

나는 도장에 가야 한다는 말도 채 마치지 못하고 도망쳤다. 뒤도 안 돌아보고 전력 질주를 했다. 바람을 가르며 도장으로 향하는 내내 기도했다.

오늘 일이 조용히 사라지게 도와주세요.

그러나 무신론자의 나의 기도는 꽝이었다. 당연했다. 조용히 사라지길 바랐던 사건이 경찰차의 등장으로 온 학교에 퍼지게 생겼다.

교장실 문을 노크하는데 손이 떨려서 혼났다. 입안에 침이 다 증발해 버렸다. 문을 열고 들어서자 교장 선생님을 비롯해 교감, 학생 주임 선생님 뒤로 경찰 두 명이 보였다. 점퍼 차림의 형사는 동네 아저씨 같아 보였다. 내 눈에는 저승사자나 다름없었지만.

"너구나. 드디어 잡았다, 요 녀석. 하하하핫."

경찰차를 타고 어디론가 실려 갔다. 창밖의 풍경은 등하굣길에 내가 늘 보던 것들인데도 눈물 나게 슬프게 다가왔다.

"경찰차 처음 타 보지? 어때, 승차감이?"

형사 아저씨는 남의 속도 모르고 농담만 건넸다. 나는 조용히 차 안을 살폈다.

수많은 범죄자들이 이 차에 탔겠지? 지금 내가 엉덩이를 대고 있는 뒷자리에 흉악범의 엉덩이도 닿았겠지?

이런저런 잡생각을 하다 보니 나도 모르게 괄약근에 힘이 잔뜩 들어갔다.

"학교에서 끝낼 수도 있었지만 너, 영광인 줄 알자."

끄…… 끝내다니! 뭘요?

형사 아저씨는 신이 나서 설명하기 시작했다.

"특별히 준비했지. '요즘 같은 세상에 이렇게 건강한 십대가 있습니다.' 같은. 너는 시대의 표본이 되는 청소년이다."

뭐가 뭔지 모르겠다. 시대의 표본이라니! 내가 아는 표본은 초등학교 방학 때 숙제로 했던 나비와 매미 표본밖에 없는데.

경찰차가 큰 건물 앞에 멈추고 나는 형사 아저씨를 따라 건물 안으로 들어갔다. 형사 아저씨가 문 앞에서 옷매무새를 정돈했다. 노크 후, 문이 열리고 나는 입이 저절로 벌어졌다. 경찰 정복을 입은, 딱 보기에도 높아 보이는 경찰들과 기자들이 일제히 나를 돌아다봤다.

"아, 신원호 군. 어서 오세요."

일이 점점 커지고 있었다. 나이 지긋한 경찰 서장님이 내게 악수를 청했다. 얼결에 손을 붙잡힌 나는 손에 땀이 나서 혼났다. 손끝으로 전기가 흐르는 것 같았다. 누군가 내 등에 태엽을 감아 놓은 것처럼 몸이 저절로 움직였다.

테이블 위에 꽃다발과 윤기가 흐르는 표창장이 눈에 띄었다. 표창장 수여식 자리였다. 골목에서 내가 잡은 그 도둑을 십 대인 내가 살신성인의 자세로 겁 없이 잡아 우리 사회에 큰 공을 세웠다는 게 날 표창하는 이유였다. 솔직히 '도둑이야!' 소리를 듣고 우리 사회까지 생각할 여력이 있을까? 그냥 어쩌다 그 골목에 있었을 뿐이었고, 크게 놀랐으며, 내 쪽으로 오는 도둑을 뿌리칠 수가 없어서 나도 모르게 반응했던 것이 전부였다. 하지만 이런 내 속을 그 누가 알까?

"보십시오, 기자 여러분. 우리 십 대 아이들은 어른들이 생각하는 것보다 훨씬 아주 자알 크고 있습니다!"

서장님은 신이 나서 내 어깨를 두드리며 웃었다. 덜 커도 좋으니 골목에서 도둑을 향한 내 공격을 무효로 쳐 줄 수는 없을까.

나는 마음에 걸리는 일을 어느 타이밍에 꺼내야 할지 갈피를 잡을 수가 없었다. 나에게 장하다고 축하 인사를 건네던 기자가 질문했다. 마지막으로 하고 싶은 말을 하라는 것이었다. 때가 왔다.

"저기요……. 그런데 그 도둑…… 분, 안 다치셨어요?"

사무실 안 공기가 급격히 바뀌었다. 웃고 있던 사람들의 얼굴이 묘하게 변했다. 생김새는 제각각이었지만 하나같이 '엥? 이게 다 무슨 소리야?' 하는 물음을 담고 있는 표정이었다. 나는 마른침을 삼키고 찝찝했던 사실을 꺼냈다.

"제가…… 정말 때릴 생각은 없었는데요……. 그분이 몸부림치고 자꾸 공격을 해서서…… 믿어 주세요, 제발 믿어 주세요!"

친애하는 나의 말라깽이

여울과 수오, 그리고…

입이 찢어질 것만 같았다. 하품을 참아 보려고 했지만 쉽지 않았다. 살면서 체중 조절을 하게 될 줄은 꿈에도 몰랐다. 그것도 동이 트기도 전에 졸음을 쫓아가며 라켓을 휘두를 줄이야.

"이거 과학적으로 100퍼센트 증명된 거야?"

강여울의 매서운 눈초리가 새벽 공기만큼 싸늘했다.

"정수오, 넌 날 뭘로 보냐?"

"뭘로 보긴…… 말라깽이…… 아얏!"

강여울이 불같이 화를 냈다. 실제로 강여울 입에서 불

이 뿜어져 나오는 줄 알고 뒷걸음질 쳤다. 내가 보기에 강여울은 지극히 평범했다. 뚱뚱하지도, 그렇다고 깡마르지도 않은 아주 평범한 몸. 그러니까 내 말은 무리해서 살을 뺄 필요가 전혀 없다는 뜻이다.

"너, 소원이 말라깽이가 되는 거라며? 그래서 불러 줬는데 왜 때리냐?"

"넌 절친이라며 내 마음을 그렇게도 모르니?"

여울이와는 유치원 때부터 절친이다. 우리는 낫 놓고 기역 자도 모르는 시절에 만나서 함께 구구단을 외우고, 정글짐에서 떨어져 가며 유년 시절을 함께 보냈다. 철부지 시절이 끝나고 중학생이 되고부터 여울이가 변했다. 갑자기 체중이 불어났다고 여울이는 온갖 다이어트를 시도했다 포기하기를 반복했다. 원 푸드 다이어트, 간헐적 단식 같은 고전적인 방법부터 무작정 굶는 어처구니없는 다이어트 방법까지, 그 모든 과정을 목격한 사람이 나다. 그러던 강여울이 배드민턴 라켓을 들고 와서 내 가슴팍에 안겼다. 이게 다 그놈의 아시안 게임 때문이다. 곰 인형을 데리고 심폐 소생술 수행 평가를 준비하던 중, 때마침 텔레비전에서 배드민턴 남녀 혼합 복식 경기를 보게 된 것은 운명이었다. 원 푸드 다이어트는 질려서 도저히 못 하겠다던 여울이에게 보다 확고하고 격렬한 다이어트의 신세계가 활짝 열렸다.

"저거다!"

불길한 외침이었다. 강여울이 자리를 박차고 일어나 소리를 질렀다. 이건 거의 재난 문자급이다. 텔레비전 앞으로 다가간 강여울은 나라를 구할 기세로 허공을 향해 팔을 휘둘렀다. 비장한 표정은 기본 옵션이었고, 화면 속 선수들 동작을 데칼코마니처럼 따라 했다. 다만 천장을 뚫고 치솟을 기세에 반해 강여울의 둔한 운동 신경이 안타까울 뿐이었다.

"수오야, 배드민턴 시작하자. 너, 내 몸무게 알지?"

"네 몸무게를 내가 어떻게 아냐? 그리고 우리라니? 내가 왜 배드민턴을 시작해?"

"이봐, 정수오. 우리는 한 몸이야."

지금껏 이 말을 귀가 닳도록 들었다. 남들이 들으면 큰일 날 소리였지만 하도 들어서 이제는 면역력이 생겼다.

"너랑 나는! 다섯 살 때부터 한 이불 덮고 자란 사이라고. 그러니까 내 다이어트에 너도 동참해. 배드민턴은 무조건 복식이야."

 같은 유치원을 다니면서 낮잠 시간에 이불 몇 번 같이 덮고 잤다고 그걸 평생 우려먹을 거라고는 상상조차 하지 못했다. 강여울이 화면 속 배드민턴 선수들을 가리켰다.

 "수오야. 난 너랑 같이 건강하게 오래 살고 싶다."

 아파트 단지에 배드민턴 경기장이 있는지 처음 알았다. 소나무와 벚나무, 단풍나무가 우거진 단지 가장 외진 곳에 자리 잡고 있었다. 아직 동이 트지 않아 가로등 불빛이 나뭇가지 사이사이에 열매처럼 맺혔다.

 "이렇게 꼭두새벽에 꼭 배드민턴을 쳐야겠어?"

 "얘가 뭘 모르네. 학교 마치고는 학원 가야 해서 시간이 없잖아. 살 빼는 데 가장 효과적인 시간이 바로 새벽이고. 무엇보다 살 빼는 내 모습을 누가 보는 건 딱 질색이야."

 그건 어디까지나 강여울 소원이었다. 배드민턴 경기장에는 우리 말고도 사람들이 제법 있었다. 학생은 우리 둘뿐이었지만. 그래서인지 배드민턴 라켓을 휘두르기도 전에 사람들의 시선이 우리에게 쏠렸다. 예상치 못한 시선에 나는 몸이 굳어졌다. 그러거나 말거나 강여울은 비어 있는 코트 한 자리를 차지하더니 비장한 얼굴로 나에게 명령조로 말했다.

"정수오, 시작하자."

셔틀콕을 공중에 던지려는 찰나, 우리를 지켜보던 무리 중 초록색 야구 모자를 쓴 할아버지 한 분이 다가왔다. 그러더니 우리더러 보란듯이 목과 어깨를 돌리고 손목, 발목까지 좌우로 번갈아 돌리며 몸풀기 시범을 보였다.

"어허, 준비 운동을 하고 해야지. 막무가내로 하다간 골병 들지, 골병 들어. 쯧쯧."

눈치를 보며 바닥에 떨어진 셔틀콕을 주워 다시 서브를 넣으려는데 야구 모자 할아버지가 우리를 겨냥해 한마디 했다.

"커플인가?"

"아니거든요!"

평소의 강여울답지 않게 할아버지를 향해 소리를 꽥 질렀다. 할아버지는 그런 강여울의 태도에 아랑곳하지 않고 계속 말을 이어 나갔다.

"흠…… 학생이 공부를 해야지, 한가롭게 배드민턴 칠 시간이 있나?"

"그만 좀 하슈. 귀엽기만 한데. 운동을 해야 몸 건강히 공부도 하는 거지. 오늘따라 왜 이러실까, 영감."

할아버지 일행인 듯한 할머니가 목에 분홍 스카프를 고쳐 매며 만류했다. 네트 건너편의 강여울은 폭발하기 일보 직전이었다.

"야, 정수오! 빨랑 서브 안 넣어? 해 뜨잖아!"

대놓고 할아버지한테 화를 못 내니까 도리어 나한테 화풀이였다. 할아버지는 "무작정 뛰지 말고 스텝을 생각하면서 치는 게 좋을 거야."라며 끝까지 우리에게 훈수를 뒀다.

심호흡을 하고 동이 터 오는 하늘을 향해 셔틀콕을 날리자 할아버지의 목소리가 날아들었다.

"손목에 힘 빼야지, 학생."

아뿔싸! 빗맞았다.

에코백 안에서 강여울이 도시락을 꺼냈다. 엄마가 출장 간 날이면 여울이네 엄마는 내 몫의 아침을 꼭 챙겨서 여울이 편에 보내 줬다. 화재 사고로 순직한 아빠의 장례식장에서 아빠 몫까지 최선을 다하겠다고 한 엄마의 말에 오열한 사람도 여울이네 엄마였다.

내 도시락 안에는 볶은 멸치가 들어간 유부초밥과 떡갈비가 먹음직스럽게 자리한 반면, 여울이 도시락에는 푸른 초원이 펼쳐졌다.

"넌 염소 띠였냐?"

"지렁이 띠는 없니?"

"지렁이 띠?"

"응. 그냥 피부로 흙 속의 물기만 스윽 빨아들이면 끝이잖아. 아, 풀 씹기도 죄스럽다. 엄마는 샐러드에 소스를 잔뜩…… 아, 몰라!"

안 봐도 눈에 훤했다. 아줌마는 다이어트 식단 운운하는 여울이에게 샐러드는 새콤달콤한 소스 맛에 먹는 거라면서 레몬 유자 소스를 도시락 뚜껑에 묻어날 정도로 잔뜩 뿌렸을 것이다.

"강여울. 너, 소스는 사랑인 거 모르냐?"

내 말에 강여울이 미간을 찌푸렸다. 포크로 소스가 안 묻은 양상추를 하나 골라서 입에 넣더니 씹는 둥 마는 둥 했다.

"소스의 단맛이 너 쓰러지는 걸 막아 주는 거야. 너희 엄마가 너 걱정해서 소스 뿌려 주신 거라고."

"야! 나 쓰러질 만큼 살 안 빠졌거든?"

강여울이 샐러드 도시락을 내 쪽으로 내밀었다. 잔소리 말고 다 먹으라는 뜻이었다. 다시 강여울에게 샐러드 도시락을 밀었으나 소용없었다. 강여울은 운동화 끈을 단단히 묶으면서 딴청이었다. 나는 강여울에게 홍삼 젤리를 내밀었다.

"정수오, 너어! 저리 안 치워? 세상에서 난 홍삼 젤리가 제일 싫어! 질색이야!"

단지 안 배드민턴 경기장에서 만난 초록색 야구 모자 할아버지는 부탁도 안 했는데 우리의 자세를 꼼꼼히 봐주더니 잔소리를 퍼부으며 코치를 했다. 골이 잔뜩 난 강여울이 집에 가려는 채비를 하는데 눈치 없는 할아버지는 우리를 부르더니 자장면 먹고 가라고 했다. 물론 열 받은 강여울은 단박에 거절했다. 할아버지는 강여울 앞으로 손을 쑥 내밀어 자장면 대신이라며 홍삼 젤리를 손에 꼭 쥐어 주었다.

나는 강여울이 거절한 홍삼 젤리를 내 입에 넣고 꼭꼭

씹었다. 홍삼 향이 입안에 확 퍼졌다.

"그러다 너 죽어도 난 모른다."

이번 주에 강여울은 급식조차 손에 대지 않았다. 생으로 굶겠다고 했다가 속이 쓰린지 두유를 조금씩 나눠서 마실 뿐이다. 그게 얼마나 꼴 보기 싫은지……. 제대로 먹지도 않으면서 오늘 같은 황금 주말에 배드민턴 치자고 새벽같이 불러 대고!

떡갈비를 하나 집어서 입에 넣으려는데 귀에 익은 목소리가 들려왔다.

"여기서 또 보는군, 우리 젊은 친구들."

아, 망했다!

내 등 뒤를 바라보고 있던 강여울 표정이 딱 그랬다. 나는 천천히 뒤를 돌아보았다. 홍삼 젤리 할아버지가 서 있었다. 할아버지 곁에서 할머니가 웃는 얼굴로 우리를 향해 손을 흔들었다. 나는 자리에서 벌떡 일어나 인사를 했다. 흡족한 표정으로 할아버지가 내 등을 두드리더니 강여울을 향해 말했다.

"매번 그렇게 심통 난 얼굴을 하고 운동하면 효과가 없어요. 웃으면서 즐겁게 해야지."

"저, 엄청나게 즐겁거든요. 할아버지."

"오호, 그래? 그럼 나랑 한 게임 해 볼 텐가? 물론 날 이기기는 힘들겠지만 도전해 보시게."

"좋아요!"

분명 강여울은 홍삼 젤리 할아버지를 피해서 이곳으로 왔다. 아파트 단지 내 배드민턴 경기장으로 가면 홍삼 할아버지를 또 만날 거라면서 질색했다. 그래서 일부러 주말에 문을 여는 초등학교를 찾아왔는데, 하필 초등학교 체육관은 주말마다 배드민턴 동호회가 매주 모임을 갖는 곳이었다! 체육관 한쪽 구석에는 우리 반 이봄이 웬 성인 여자랑 머리를 맞대고 서서 유리로 만든 종을 흔들고 있었다.

네트 앞에 붙어선 두 사람이 경기 시작 전에 악수를 했다. 어쩐지 할아버지의 표정이 장난스럽게 느껴졌다.

"내기 경기할까? 자네는 뭘 걸겠나?"

할아버지가 강여울한테 조건을 걸었다. 못마땅한 표정을 지은 강여울이 입을 삐쭉거렸다.

"저는 그런 사기 냄새가 나는 게임에 오케이하는 성격이 아니에요. 하지만 오늘은 할게요. 대신 이기고 말씀드릴게요."

나는 분명히 강여울이 안 한다고 할 줄 알았다. 배드민턴 치러 나올 때면 강여울은 "제발 그 홍삼 젤리 할아버지 나오지 않게 해 주세요."라고 기도까지 했다. 심지어 오늘은 할아버지를 피해 여기까지 왔으면서 할아버지의 내기에 오케이하다니! 설마 '단지 경기장에도 여기에도 배드민턴 치러 나오지 마세요' 같은 부탁을 하는 건 아니겠지?

"내가 이기면 경기 마치고 다 같이 잔치국수나 먹으러 갈까?"

경기의 승자치고 희한한 소원이었다.

"아는 거지. 우리 영감은 관찰력이 좋아. 저기…… 음식 다 남기고 안 먹는 걸 보니 저 친구가 끼니 거르고 살 빼려는 걸 눈치챈 게야."

할머니가 내게 설명했다. 경기가 시작되자 강여울이 무서운 기세로 코트 안을 뛰어다녔다. 그에 비해 할아버지는 베테랑이었다. 가벼운 스텝을 밟으며 셔틀콕을 좌우 앞뒤로 흔들며 날렸다. 강여울은 열세임에도 불구하고 이를 악물고 셔틀콕을 받아쳤다. 강여울의 저 무서운 투지를 모르는 할아버지는 조만간 애를 먹을지도 모른다.

"걱정하지 말아요. 우리 영감, 배드민턴 선수야. 꼭 이

겨서 학생 친구 데리고 잔치국수 먹으러 갈 사람이라고. 영감이 친구랑 게임하는 동안, 학생은 나랑 할까?"

할머니가 날리는 셔틀콕은 신중하고 가벼웠다. 나는 진지한 자세로 셔틀콕을 받아쳤다. 라켓 한가운데에 맞아 "탕!" 하는 경쾌한 셔틀콕 소리가 허공을 갈랐다.

"아이고, 엄청 잘 치네."

"아니에요. 저한테 좋은 공만 주셔서 그래요."

우리 코트에서 오가는 대화는 다정했고 유쾌했다. 반면 옆 코트에서는 셔틀콕을 있는 힘껏 내리치는 "팡!", "탕!" 소리만 울렸다.

빈속에 저렇게 움직여도 될까?

나는 강여울이 걱정되었다. 필사적으로 코트를 누비는 강여울은 당장 쓰러져도 이상하지 않을 정도로 해쓱해 보였다.

경기는 무승부로 끝났다. 잔치국수를 함께 먹자는 홍삼 젤리 할아버지의 소원도, 이기면 알려 주겠다던 강여울의 소원도 다음 게임 때 결판내기로 했다.

"지쳤을 거야. 이렇게까지 뛰었는데 다이어트를 한다고 밥 굶는 일은 없겠지. 배고플 테니."

경기를 마치고 할머니에게 건넨 말이 인상적이었다. 다이어트를 한다며 단식하겠다는 강여울의 말을 엿들은 것이 분명했다.

여름이 오는지 동트는 시간이 점점 빨라졌다. 배드민턴 라켓을 휘두른 지 두 달이 넘어갔다. 지금 강여울의 태도만 보면 배드민턴 국가대표 상비군이라도 될 기세다.
"적을 알아야 백전백승이지. 내가 이기면 저 할아버지 잔소리도 끝이야."
강여울은 홍삼 젤리 할아버지한테 진심인 것 같았다. 승패를 가르지 못하고 다음에 결판을 내자던 할아버지는 어떻게 된 영문인지 자꾸만 내기 경기를 미뤘다. 게임을 해 보니 적수가 못 돼서 안 되겠다느니 강여울의 승부욕만 잔뜩 부채질하며 밥 먹고 오라는 소리만 했다.
강여울은 단지 내 배드민턴 경기장에서 유명 인사가 되었다. 특히 할아버지, 할머니 들의 전폭적인 지지를 받았다.
드디어 결전의 날이다.
"우리 학생이 두길이 콧대를 눌러 버려. 시니어 대표라고 두길이가 그동안 큰소리를 너무 쳤어."

"두길이가 아무리 잘 쳐도 우리 젊은이는 못 당하지, 암! 난 학생 편이야."

두 편이 아니라 이상하게 일방적으로 강여울을 편애하는 어른들이 늘었다. 어른들의 관심과 애정은 강여울을 걱정하는 시선으로 다가오기도 했다.

"그런데 여울이 학생은 밥 좀 많이 먹어야겠어. 우째 점점 말라 가는 것 같아. 이것 좀 먹어 봐."

매번 간식을 싸 오는 할머니가 강여울에게 단팥빵을 하나 건넸다. 단팥빵 칼로리를 생각하면 강여울은 절대 빵을 입에 대지 않을 것이다. 역시나 강여울은 "고맙습니다." 하더니 내게 눈치를 줬다. 얼른 단팥빵을 가져가라는 거다.

"개교기념일 기념으로 그냥 먹으면 안 될까? 너 계속 그렇게 굶다간 진짜 죽어."

"단팥빵이랑 개교기념일이랑 무슨 상관? 방울토마토 여섯 알이면 충분해."

제대로 경기를 뛰기도 전에 다리가 풀릴 거라고 강여울한테 경고했다. 그러나 강여울은 콧방귀를 뀔 뿐이었다. 홍삼 젤리 할아버지는 홍삼 젤리가 아닌 홍삼 액기스를 쭉

들이켰다. 견과류 에너지바를 입에 물고 운동화 끈을 묶는 홍삼 젤리 할아버지는 기운이 넘쳐 보였다.

이 경기, 강여울이 졌다.

그동안 홍삼 젤리 할아버지가 강여울을 봐주고 있던 게 틀림없었다. 누가 봐도 그랬는데 강여울만 몰랐다. 홍삼 젤리 할아버지의 훈련 비법을 살핀다고 매번 홍삼 젤리 할아버지가 배드민턴 경기장에 오는 시간에 맞춰서 나오는 정성을 보였던 강여울. 그런 강여울 앞에서 온갖 화려한 퍼포먼스를 선보이던 홍삼 젤리 할아버지. 연습 중간에는 꼭 배달 음식을 시켜서 냄새를 풍기던 홍삼 젤리 할아버지를 보고 강여울은 악취미라고 약 올라 했다. 그러나 내 눈에는 보였다. 홍삼 젤리 할아버지는 강여울을 걱정하는 나름의 표현을 하고 있었다. 며칠 전에는 자장면을 배달시키고 음식이 도착하자 우리에게도 권했다.

"열심히 땀 흘렸으니 자장면 같이 먹자고. 탕수육도 시켰으니 어서 와."

물론 강여울은 거절했다, 아주 정중하게. 자장면의 칼로리를 읊어 가면서 말이다. 홍삼 젤리 할아버지는 싫다는 여울이한테 홍삼 젤리를 쥐어 주면서 탕수육 대신이라며 꼭꼭 씹어 먹으라고 했다. 강여울은 질색했지만 나는 그런 할아버지의 관심이 좋았다.

경기 시작 전에 홍삼 젤리 할아버지가 강여울에게 장난스럽게 말했다.

"또 밥 안 먹고 왔지? 그러다 쓰러져. 경기는 다음에 할까?"

"아니오. 저는 준비됐습니다!"

경기가 시작되었다. 배드민턴을 치던 어른들도 멈추고 강여울과 홍삼 젤리 할아버지의 경기를 구경했다. 그동안 강여울이 연습에 연습을 거듭했어도 시니어 대표 선수라던 홍삼 젤리 할아버지의 경력은 무시할 수 없었다. 홍삼 젤리 할아버지의 능수능란한 서브와 방향 전환에 강여울은 공격은커녕 방어하기에 급급했다. 아무래도 강여울 다리가 불안했다. 몇 번을 무리하게 홍삼 젤리 할아버지의 서브를 받아 내는 발동작이 위태로웠다.

"조심해!"

내 말이 씨가 되었다. 강여울이 쓰러졌다. 누가 봐도 강여울 발목이 꺾이는 게 보였다. 넘어지면서까지 강여울은 자신에게 날아든 셔틀콕을 받아 냈다. 넘어지면서도 악착

같이 라켓을 놓치지 않다니, 강여울 집념에 새삼 놀랐다.

"강여울! 괜찮아?"

꼼짝할 수 없다고 눈물을 글썽이는 강여울을 할머니 할아버지 들이 둘러싸고 다리가 부러진 게 아니냐고 걱정했다. 병원에 가게 업히라는 내 말에 강여울은 사람 속을 뒤집는 소리를 했다.

"나…… 무거워……. 너, 못 업어."

실랑이할 때가 아닌데 강여울은 쓸데없는 고집을 부렸다. 그러나 정작 강여울을 다짜고짜 등에 업고 뛴 사람은 홍삼 젤리 할아버지였다. 히어로가 따로 없었다.

"비켜요, 비켜!"

병원에 도착하자 홍삼 젤리 할아버지와 한 몸처럼 붙어 있던 초록색 모자가 사라지고 없었다.

"할…… 할아버지, 저기…… 머리, 아니 모자가…….."

홍삼 젤리 할아버지의 민머리가 반짝였다. 강여울을 업고 오느라 흘린 땀이 병원 조명에 빛났다.

"지금 모자가 문제야! 그나저나 괜찮겠지, 여울이 학생은? 이게 다 끼니를 거르니까 다리에 힘이 없어서 생긴 일이라고. 거참, 요즘 애들은 왜 밥을 굶어? 살을 빼더라도 밥은 먹으면서 빼야지. 안 그래?"

"네. 제 말이 그 말이에요, 할아버지."

깁스한 발을 하고 진료실에서 나오다가 홍삼 젤리 할아버지와 마주친 강여울은 잠깐 당황하더니 콧구멍이 커지면서 풋, 웃고 말았다.

"뭐가 웃겨, 늙으면 머리카락 빠지는 게 당연한 거지."

홍삼 젤리 할아버지가 정색하고 우리를 바라보았다.

"내가 아침부터 뛰었더니 배가 고프네. 같이 밥 먹자고. 강여울 학생은 안 먹다고 하면 절대 안 돼. 내가 생명의 은인이야."

나는 강여울이 싫다고 거절할 거라 확신했다.

단식 어쩌고 얘기만 꺼내 봐라. 그놈의 다이어트, 당장 그만두라고 화를 낼 테니!

"저, 자장면 먹어도 돼요?"

뜻밖의 제안이었다. 홍삼 젤리 할아버지의 눈썹이 부드럽게 휘어졌다.

"탕수육도 먹자고. 다친 다리가 얼른 나으려면 무조건 잘 먹어야 해. 잘 먹어야 공부도, 운동도 잘할 수 있는 법이지. 체력이 국력이거든. 이런 말, 모르나?"

나는 강여울을 부축하며 마음속에 담아 두었던 말을 꺼냈다.

"통통하든 뚱뚱하든 말라깽이든 보통이든 강여울, 너는 항상 대단했어. 그건 절대 잊지 마라."

강여울과 눈이 마주쳤다. 우리가 처음 배드민턴을 치겠다고 나섰던 동트지 않은 하늘이 떠올랐다. 강여울의 까만 눈동자 속에 셔틀콕이 날았다.

봄 의 소 리

봄과 윤설

헉…… 허억…….

호흡이 점점 거칠어졌다. 입안이 바싹 마르고 손이 벌벌 떨렸다.

아, 제발…….

"그만! 다음!"

보건 선생님의 신호에 맞춰 뒤로 물러났다. 숨을 크게 몰아쉬며 눈앞에 누워 있는 심폐 소생술^{CPR} 더미$^{인체\ 모형}$를 쳐다봤다. 모형이라고는 했지만 내게는 이보다 더한 진짜가 없었다. 그러니 나와 교대한 최규섭의 느릿한 동작이

고깝게 보이는 건 당연했다.

"야! 너 똑바로 안 할 거면 나와."

"웬 참견? 지금 하잖아."

꾸물거리는 최규섭의 태도에 더욱 화가 치밀었다. 지금 제 손에 누군가의 생명이 달려 있다는 걸 얘는 눈곱만큼도 인지하고 못하고 있었다. 급기야 내 화를 돋우려고 작정한 것인지 최규섭은 가슴 압박 동작을 하다 말고 제 팔을 주물렀다. 분당 100~120회를 유지해야 한다는 설명을 분명 들었을 텐데, 저렇게 노닥거리는 모습이라니!

그렇다. 나는 CPR에 진심이다. 돌아가신 외할머니를 생각하면 CPR 교육을 열심히 들을 수밖에 없었다. 할머니는 심근 경색으로 돌아가셨다. 하필이면 쓰러지신 장소가 외진 골목길이어서 행인이 외할머니를 발견했을 때는 손쓸 수 없게 된 뒤였다. 그래서인지 눈앞의 더미가 단순한 모형으로 느껴지지 않았다.

"자, 그럼 누가 시범을 보여 볼까?"

선생님이 외쳤다. 시큰둥한 아이들 사이에서 최규섭이 나에게 보란듯 손을 들었다.

"규섭이가 해 볼래?"

"아뇨, 저 말고 이봄이요."

등 떠밀리듯 나는 반 아이들 앞에 나서게 되었다. 긴장해서인지 손에서 땀이 났다. 체육복 바지에 땀을 닦고 양 손바닥을 비볐다. 손바닥에 온기가 돌자 선생님께 준비되었다는 신호를 보냈다.

마음속으로 숫자를 세면서 너무 빠르지도 너무 느리지도 않게 더미의 가슴을 압박했다. 불쑥 누워 있던 외할머니의 모습이 떠올라 눈물이 나올 것 같았다. 눈에 힘을 잔뜩 주고 숫자를 다시금 되뇌었다.

"하나, 두울, 셋……."

꿇어앉은 무릎이 저렸지만 괜찮았다. 누군가를 살릴 수 있다면 내 무릎 정도는 내주어도 전혀 아깝지 않다.

"멋지다, 이봄."

맨 앞줄에 있던 여울이가 속삭였다. 차가워야 하는 더미의 가슴이 따뜻하게 느껴졌다.

♡

외할머니는 우리 가족에게 수많은 앤티크 벨을 남기고

떠나셨다. 할머니의 취미는 오래된 종을 모으는 것이었는데, 엄마는 할머니가 종을 살 때마다 잔소리하곤 했다.

"종 사 모을 돈으로 그냥 맛난 거나 사 드시라니까 그러네."

"넌 왜 항상 먹을 거 타령이니? 이 종 좀 보렴. 얼마나 귀엽고 소리도 아름다워. 나중에 나 죽고 없을 때 이거 보고 울지나 마."

외할머니는 자기 딸을 몰라도 너무 몰랐다. 엄마는 할머니의 앤티크 벨을 보며 우는 대신 굳은 얼굴로 정리하기 바빴다.

"이봄, 넌 이 중에 갖고 싶은 거 없어?"

"난…… 이거 세 개. 세 개가 한 세트잖아."

내가 고른 건 10센티미터 남짓한 도자기 종 세 개였다. 외할머니와의 추억을 다 담기에는 너무도 작았지만, 엄마가 종들을 처분하기 전에 하나라도 건져야 한다는 마음에 냉큼 집어 들었다.

모든 종을 망설임 없이 버릴 줄 알았던 엄마는 연한 하늘빛의 유리 종 하나를 집으로 가져왔다. 그건 외할머니가 처음 구매한 앤티크 벨로, 손으로 직접 그린 보랏빛 꽃문양이 아름다운 핸드 벨이었다. 끝이 약간 깨졌지만, 엄마는 크게 개의치 않아 했다. 누군가를 추억하는 데 있어 물건의 흠집은 문제가 되지 않는다는 듯이.

엄마는 벨을 보관할 유리 상자를 맞춤 제작하여 텔레비전 장식장에 넣어 두었다. 그리고 이따금 그걸 조용히 바라보곤 했다.

반면에 내가 가져온 종들은 내 방 책꽂이 위에서 먼지만 쌓여 갔다. 세 개나 집어 온 것치고는 다소 보잘것없는 대우였다. 그도 그럴 것이 나는 종을 모으며 행복해하시는 할머니의 모습을 좋아했을 뿐, 앤티크 벨에는 큰 관심이 없었다. 호기심에 몇 번 흔들어 보기는 했으나 그마저도 실수로 종을 바닥에 떨어뜨린 뒤로는 손도 대지 않았다.

이 광경을 외할머니가 보신다면 뭐라고 하실까?

물건을 쓰지 않고 방치하는 걸 낭비라고 생각하시는 할머니는 분명 이렇게 한마디 하실 게 뻔했다.

"그렇게 묵혀 둘 거면 차라리 필요한 사람한테 줘라!"

좋아, 결심했어!

외할머니의 도자기 종들을 팔기로 마음먹었다. 어차피 우리 집에는 외할머니를 추억할 수 있는 멋진 유리 종도 있고 함께 이야기를 나눌 사람도 있으니, 이건 종을 진심으로 좋아하는 사람에게 주기로 했다.

"어디 보자, 피망 앱."

중고 거래 앱을 켰다. 신발, 자전거, 문제집 등 별의별 물건이 올라와 있었지만 앤티크 벨 판매 글은 없었다. 책상 위에 아끼던 레이스 손수건을 깔고 종들을 올렸다. 그리고 휴대폰 카메라를 켰다.

"자, 벨 쓰리들. 치이즈, 김춰이."

♡

"종소리를 좋아하는 사람치고 심성 나쁜 사람은 없어."

할머니는 농담 반 진담 반으로 말씀하시곤 했다.

종들을 피망 앱에 올린 지 열흘이 지나서야 제대로 된 연락을 받았다. 수많은 메시지 중 '찐'이라고 할 만한 건 닉네임 '윤설'에게서 온 것뿐이었다. 나머지는 하나같이 사람을 열받게 하는 메시지들이었다. 밤 12시에 거래하고 싶다며 신데렐라 운운하는 내용부터 종을 어디에 쓰냐고 시비조로 나에게 따지는 내용까지. 중고 거래의 어려움을

뼈저리게 느끼던 중 도착한 것이 윤설 님의 메시지였다.

✉ 안녕하세요? 앤티크 벨을 수집하는 사람입니다. 올려 주신 앤티크 벨은 제가 굉장히 좋아하는 브랜드의 제품인데요. 절판되어 아쉬워하던 찰나, 이 글을 발견하게 됐어요.
✉ 안녕하세요, 윤설 님. 관심 주셔서 감사합니다.
✉ 직장 때문에 일요일에 직접 만나 거래하고 싶은데, 혹시 가능할까요?

선을 넘지 않는 사람이었다. 시도 때도 없이 연락해서 자기 요구만 대뜸 늘어놓는 사람들과는 말투부터 달랐다. 무턱대고 늦은 시간에 찾아오겠다고 하지 않아서 더 좋았다. 오는 말이 고왔으니 가는 말도 고와야지.

✉ 일요일, 좋아요. 어디서 볼까요?

바로 응답이 오지 않았다. 직장인이라고 했으니 피망 앱만 들여다보고 있기는 힘들겠지. 약속이 확정되지는 않았지만, 벨 쓰리는 윤설 님에게 팔기로 결심했다.

이 사람이라면 괜찮을 거야.

기꺼운 마음으로 게시글의 상태를 '판매 중'에서 '예약 중'으로 바꾸었다.

책상에 앉아 수학 문제를 풀고 있는데 윤설 님으로부터 메시지가 도착했다. 근처 초등학교 체육관에서 아침 9시 30분에 만나면 어떻겠느냐는 내용이었다. '만나자'도 아니고 '만나면 어떨까요?'라고 묻는 조심스러움과 그 속에 담긴 다정함에 피식 웃음이 나왔다. 메시지를 주고받는 것만으로도 기분이 좋아질 수 있다니! 'Manner makes man(매너가 사람을 만든다).'이라는 유명 영화의 대사가 가슴에 확 와닿았다.

수학책을 책상 구석에 밀어 놓고, 안경닦이를 꺼내 종들을 하나씩 정성스럽게 닦았다. 황금 손잡이를 잡고 이리저리 흔드니 여리지만 아름다운 소리가 울려 퍼졌다. 그 소리에 또 웃음이 터졌다. 할머니 말씀이 맞는 것 같다. 종소리를 좋아하는 사람치고 나쁜 사람은 없다.

일요일 아침, 초등학교 체육관은 사람들로 북적였다. 배드민턴 동호회 사람들이 라켓을 들고 이리저리 흔들며 뛰고 있었다. 그 사이에서 나는 윤설 님을 찾기 시작했다.

"저기…… 앤티크 벨……."

말을 갓 배운 어린애도 아닌데 문장이 제대로 나오지 않았다. 눈치를 보며 주변 사람들에게 말을 거는데 저 멀리서 한 어른이 확신에 찬 걸음걸이로 내게 다가왔다. 윤설 님은 단박에 나를 알아봤다.

"앤티크 벨 판매자시죠? 안녕하세요, 주말 이른 아침에 나오게 해서 죄송해요."

"아녜요, 저 주말 아침 좋아해요."

얼떨결에 바보 같은 대답을 하고 말았다. 그런 나를 보고 윤설 님이 살포시 웃었다.

"물건…… 한번 봐도 될까요?"

"아, 맞다. 당연히 보셔야죠. 여기요."

품에 안고 있던 상자를 근처 스탠드에 내려놓았다. 상자를 열자 연분홍색 보자기에 싸인 종들이 나왔다. 새 주인을 얌전히 기다렸다는 듯 가지런히 놓여 있었다.

"같이 앉아서 볼래요? 제 느낌에 이 앤티크 벨, 무척 소중한 물건 같은데…….”

예상치 못한 제안이었으나 다정한 말투에 저절로 고개가 끄덕여졌다. 그렇게 처음 본 사람과 어깨를 나란히 하고 앉았다.

"댄버리 민트 아메리칸 로즈 컬렉션이 맞네요. 귀한 종인데, 너무 저렴하게 판매하는 것 같아요. 알고 있었나요?"

윤설 님은 다정한 동시에 정직한 사람이었다. 굳이 내게 가격이 물건의 가치보다 낮게 책정되었다고 알려 줄 필요는 없었는데 말이다. 하지만 종들의 진가를 알았다고 해서 원래 금액보다 더 부를 생각은 없었다.

"앤티크 벨에 대해서는 잘 몰라요. 사실 이 종들은…… 저희 외할머니 물건이에요. 할머니가 돌아가시면서 제가 물려받았는데, 막상 가지고 있으니 종들을 방치하더라고요. 할머니를 추억한답시고 책장에 박아 놓기보다는 이걸 소중히 여기고 잘 사용해 줄 사람에게 넘기는 게 나을 것 같았죠."

내 말을 가만히 듣던 윤설 님이 벨 표면에 그려져 있는 장미를 매만졌다.

"종 안을 살펴봤는데 'Made in England'라고 적혀 있더라고요. 영국에서 만들어진 종들이 긴 여행 끝에 좋은 새 주인을 만나 다행이에요."

"그런 사연이 있었군요. 사실 이 종의 문양은 미국의 국화인 장미를 표현한 것이에요. 그래서 이 앤티크 벨 컬렉션의 이름이 '아메리칸 로즈'지요. 어찌 보면 이 종에는 영국뿐 아니라 미국과 우리나라 등 세계 각국의 이야기가 담겨 있다고 할 수 있겠네요. 그 귀한 걸 제게 준 거예요. 할머니께서 이 종들을 아끼신 만큼 소중하게 다루도록 할게요."

괜스레 마음이 뿌듯해졌다. 그런데 조곤조곤 설명하는 이 말투, 어디서 많이 들어 봤는데…….

"저기, 윤설 님은 혹시 선생님이세요?"

"앗! 어떻게 알았어요? 묻지도 않았는데 내가 혼자 너무 떠들었나 보군요. 미안해요. 지루했죠?"

손사래를 치며 전혀 지루하지 않다고 답했다. 윤설 님의 설명 덕분에 종들이 더 애틋하게 느껴졌으니까. 할머니는 이 종에 얽힌 이야기를 알고 계셨을까?

"그런데 윤설 님은 왜 앤티크 벨을 모으세요?"

윤설 님은 분홍 장미가 그려진 첫 번째 종을 집어 들더니 조심스레 흔들었다. 도자기 표면에 추가 부딪혀 내는 소리가 무척이나 맑았다. 배드민턴 동호회 사람들이 내는 기합 소리와 환호성이 어느새 종소리에 파묻혀 사라졌다.

"이 소리 때문이에요. 종소리를 들으면 슬프고 복잡하던 마음이 진정되더라고요."

나는 윤설 님이 종을 다루는 방식이 마음에 들었다. 한 손으로 성의 없이 흔드는 것이 아니라 종을 든 손의 팔꿈치를 다른 한 손으로 받치고 천천히 시간차를 두고 흔드는 그 몸짓이. 아마 외할머니도 종을 저렇게 소중하게 다루었을 것이다. 그런데 이 다정한 사람을 슬프게 하는 일은 도대체 무엇일까?

"마음이 진정되지 않는 일이 많으세요?"

아차, 진짜로 내뱉어 버렸다.

"음…… 앤티크 벨님은 선생님을 좋아해요? 그러니까 담임 선생님 말이에요."

"특별히 고민해 본 적 없는 문제이기는 한데, 좋은 분이라고 생각해요. 수학을 담당하시는데, 제가 수포자여서 그런지 거리감이 조금 느껴지기는 하지만요. 학기 초, 반 애들 이름을 확인하실 때…… 아, 제 이름이 봄이거든요. 이봄, 외자요. 학생들을 웃기려고 '그럼 형제 이름이 여름, 가을, 겨울이냐?'고 물으셔서 유머 코드는 잘 안 맞겠다고 생각하기도 했어요."

내 대답을 들은 윤설 님의 얼굴에 미소가 번졌다. 그 미소가 왠지 모르게 서글퍼 보여 붉은 장미가 그려진 두 번째 종을 흔들었다. 딸랑딸랑. 맑고 깨끗한 소리가 작게 메아리쳤다. 울림은 작았지만 가슴에 퍼지는 파장은 한없이 크고 넓었다. 왜냐하면 윤설 님이 활짝 웃었으니까.

"저기, 무슨 일…… 있으셨어요?"

"교사가 되는 게 오랜 꿈이었어요. 그것만 보고 달려왔고 최근에야 그 꿈을 이뤘는데, 막상 교단에 서니 아이들을 대하는 게 쉽지 않더라고요. 학기 초에 반에서 일어난 사소한 다툼조차 쩔쩔매며 겨우 수습했더랬죠. 그러다 보니 스스로가 많이 부족한 교사처럼 느껴지고, 학생들도 저를 어려워하는 것만 같고……. 아이, 참. 처음 본 앤티크벨님한테 별소리를 다 하네요."

정확한 사정을 듣지는 못했지만 윤설 님의 고충이 어느 정도 이해됐다. 나 또한 할머니의 사고 소식을 들었을 때 스스로가 너무 부족하고 못난 사람이라는 생각이 들어 울곤 했으니까. 그 상황에서 내가 할 수 있는 일이 없었다는 걸 알면서도 말이다. 타인의 상처를 미루어 짐작하는 건 무례한 일이지만 이 사람은 우리 할머니처럼 종소리를 좋아하는 사람이니까. 그러니 조금은 솔직하게 내 생각을 이야기해도 괜찮지 않을까.

"초딩 때였는데, 학기 중반에 갑자기 담임 선생님이 바뀐 적이 있었어요. 원래 저희 반을 맡기로 한 담임 선생님이 출산 휴가로 학기 초에 자리를 비우시는 바람에 임시로 다른 선생님이 담임을 하신 거였죠. 아무튼 시간이 어느 정도 흐르고, 원래 담임 선생님이 돌아오셨는데 처음에는 많이 낯설었어요. 몇몇 친구들은 나중에 온 담임 선생님이 임시 선생님을 쫓아냈다고 오해하기도 했고요."

눈앞에서 배드민턴 셔틀콕이 이리저리 날아다녔다. 힘차게 뛰어다니는 사람들을 보면서 윤설 님이 작게 한숨을 쉬었다.

"하지만 결말은 해피 엔딩이었어요."

윤설 님은 놀란 얼굴로 나를 쳐다봤다.

그때 담임 선생님이 한 일은 단순했다. 진심을 다해 아이들을 대하기. 등교하는 아이들에게 밝게 인사를 건네고,

눈높이를 맞춰 주는 등 매일 선생님은 같은 자리에서 우리를 기다려 줬다. 그러자 아이들도 하나둘 마음의 문을 열기 시작했다.

"그러니까 제가 하고 싶은 말은요. 너무 당연한 얘기일 수도 있는데, 진심은 통하게 되어 있다는 거예요. 시간이 꽤 걸릴지는 모르지만요. 그러니까 아이들을 생각하는 윤설 님의 마음도 언젠가 학생들에게 가닿을 거예요. 조금만 기다려 주세요."

외할머니가 그랬다. 인생은 시간 싸움이라고. 자기 할 일을 열심히 하면서 하루하루를 보내다 보면 슬프고 괴로운 일은 서서히 사그라들고 기쁘고 즐거웠던 일은 단단히 쌓여 추억이 된다고. 그러니 매 순간 최선을 다해야 한다고. 그게 당장 눈앞에 좋은 결과로 나타나지는 않을지언정 언젠가는 빛을 본다고 말이다. 어쩌면 친구들 모두가 지루해하는 CPR에 나 혼자 진심인 건 이런 할머니의 가르침 때문일지도 모르겠다.

"봄이 친구, 최고의 피드백이었어요."

윤설 님의 목소리가 종소리처럼 맑게 울리는 건 기분 탓일까.

♡

공교롭게도 윤설 님과 집으로 가는 방향이 같았다. 함께 길을 걷다 갈림길에 위치한 편의점에 다다랐다. 나는 왼쪽 주택가 쪽으로, 윤설 님은 오른쪽 아파트 단지 쪽으로 가야 했다.

"아이스크림 하나 먹을래요? 봄이 친구한테 답례하고 싶어요."

"음…… 그럼 전 붕어싸만코요."

"팥을 좋아해요? 봄이 친구 또래는 팥보다 초코나 민트 초코 아닌가?"

"흐흐흐, 그건 윤설 님의 선입견이에요. 전 할머니 밑에서 붕어싸만코랑 비비빅 먹고 자란 아이라고요."

그 말에 아이스크림값을 계산해 주시던 편의점 사장님이 피식 웃었다. 그러더니 쭈뼛거리며 내게 말을 걸었다.

"저기 학생, 혹시 학생 또래가 특별히 좋아하는 반찬이나 음식, 그런 거 있나?"

뜻밖의 질문에 당황했지만 간절해 보이는 사장님을 보며 머릿속에 떠오른 대로 대답했다.

"사람마다 다르겠지만, 계란말이는 대부분 좋아하는 것 같아요."

사장님이 한숨 놓았다는 듯 미소를 지었다.

이래저래 내 대답을 듣고 웃는 사람이 많은 휴일이었다. 아이스크림을 들고 편의점 밖으로 나왔다.

"봄이 친구는 모두에게 최고의 피드백을 주는 사람이군요. 오늘 고마웠어요. 그럼 잘 가요."

허리를 숙여 윤설 님에게 인사했다. 그리고 윤설 님과 함께 떠나는 종들을 향해 작게 손을 흔들었다.

딸랑딸랑.

마음속에서 맑은 종소리가 울려 퍼졌다.

명란 계란말이는 공짜가 아니다

이현규

밤은 생각보다 길다. 그리고 따갑다. 계산도 제대로 한 것 같은데 아까부터 편의점 사장님이 대놓고 나를 쳐다본다. 아니, 관찰한다는 표현이 정확하겠다.

아, 미치겠네. 왜 자꾸 쳐다보는 거지?

다시 계산대로 가서 왜 날 쳐다보는 거냐고 대놓고 물어볼 용기도 없는데 불편해 죽겠다. 애써 모른 척하고 컵떡볶이 포장을 뜯었다. 사장님의 시선은 내가 컵 스파게티 포장을 뜯고 소시지를 잘게 짓이길 때까지 오롯이 나에게서 떠나지 않았다.

왜 쳐다보는 거냐고 물어볼 것 아니면 끝까지 모른 척 해야만 한다!

우리 부모님도 날 이렇게 뚫어져라 대놓고 쳐다본 적이 있던가? 기억조차 나지 않는다. 하물며 일상적인 대화는 고사하고 "안녕하세요? 얼마예요?"라며 계산대 앞에 물건만 쓱 내미는 내게 이토록 부담스러운 편의점 사장님의 시선은 사절하고만 싶었다.

집중! 집중하자, 이현규! 오늘은 새로운 꿀조합을 시도하는 첫날이야.

늘 혼밥을 하는 나에게 편의점은 안식처이자 혼자서 뭘 먹어도 괜찮은 공간이었다. 식당과 달리 편의점에서 끼니를 때우는 사람들은 대부분 혼밥을 하러 왔으니까.

그렇다, 나는 선택적 히키코모리다. 늘 혼자였고, 그래서 항상 힘들었다가 학교를 그만두고 나서부터는 이상하게 마음이 가벼워졌다. 학교에서 따돌림을 당할 때는 혼밥이 지옥 같았는데, 막상 혼자가 되니 혼밥하는 것이 편했다. 오랜 습관처럼 익숙해졌는지 모른다.

컵 떡볶이와 스파게티를 뜨거운 물에 익혀서 한데 넣고 소스와 포크로 잘게 이긴 소시지를 섞은 다음, 그 위에 치즈를 꼼꼼하게 뿌렸다. 한 숟갈 먹기도 전에 침이 넘어갔다. 전자레인지 안에 용기를 넣고 1분 설정을 한 다음 바나나 우유를 마시면서 기다렸다. 일부러 창밖을 보는 척했는데 아뿔싸! 유리창으로 사장님과 눈이 마주치고 말았다. 재빨리 휴대폰을 보면서 바쁜 시늉을 했다.

부재중 전화 0통, 톡 0건, 문자 메시지 0건.

휴대폰 상태만 두고 보면 이 세상에 나를 필요로 하는 사람은 한 명도 없다는 것 같아서 괜히 서글프다.

드르르륵!

넋 놓고 있는데 휴대폰 진동이 울렸다. 반가운 마음에 확인했더니 용돈이 입금되었다는 은행 알람이었다.

얼굴조차 보지 않는데 용돈 날짜는 왜 기억하냐고.

엄마는 내 용돈을 잊지 않았다. 다정한 톡이나 문자 메시지는 당연하다는 듯 패스했다. 가끔 그런 생각이 든다. 엄마가 내 용돈을 잊어서 내가 전화를 걸면 미안하다고 쩔쩔매며 통화를 하는 상상. 하지만 엄마는 절대 그럴 사람이 아니지. 엄마는 근무 시간에 전화하는 것을 질색했다. 날 낳고 키우다 복직하는 바람에 승진이 뒤처져서 엄청 초조해하며 여태껏 달려온 사람이 우리 엄마다. 내가 관심을 바랄 때는 바쁘다는 이유로 신경조차 쓰지 않더니 아이러니하게도 엄마에게 관심을 접고 방구석에 틀어박히자 문제가 뭐냐고 다그쳤다. 그마저도 이제는 포기했는지 내 방문을 두드리는 일도, 대화를 시도하려는 노력도 하지 않는다. 그저 매달 내 통장으로 용돈을 꼬박꼬박 넣으면서 부모란 존재를 각인시킬 뿐이다.

"엄마, 오늘은 뭐 먹지? 편의점에서 사 먹는 것도 이제 한계야."

이런 어리광은 감히 상상할 수도 없었다. 초등학생 때는 방과 후, 빈집에 가서 혼자 끼니를 때우는 게 서럽기도 했다. 그러나 지금은 그냥 그렇다.

내 학교생활에 관심 가져 줄 시간이 엄마에게는 없었다. 아빠와 이혼하고는 생계까지 책임져야 했으니까. 그런데 이상하게도 가끔 엄마가 차려 준 밥이 생각날 때가 있다.

"학생, 전자레인지 다 됐는데."

"아, 네."

나는 고맙다는 뜻으로 목례를 했다. 용기를 여니 치즈가 제대로 녹아 있었다. 젓가락으로 치즈 속에 숨어 있는 떡볶이 하나를 집어 들었다. 입속에 넣으려는 찰나, 유리창 너머로 날 지켜보는 사장님과 또 눈이 마주쳤다. 하마터면 한 입 드시겠냐고 물어볼 뻔했다.

 어찌 된 영문인지 관찰 사장님이 며칠째 보이지 않았다. 지켜보는 사람이 없어서 그런가? 다양한 레시피로 이것저것 만들어 먹어도 맛이 없다.
 나, 관종이었나?
 예전에는 누군가의 시선이 내게 와닿는 게 두려웠다. 호의적인 시선 대신 늘 날 먹잇감으로 여기는 눈빛만 득시글거렸으니까.
 냉동 김밥 하나와 바나나 우유를 샀다. 알바로 보이는 누나가 진열대에 상품을 정리하다 말고 뛰어와서 계산을 해 줬다.
 '사장님이 안 보이네요'라고 물어보면 이상하려나?
 쓸데없는 생각을 하는 걸 보니 내가 많이 허전한가 보다.
 마지막으로 사장님이 계산대를 지켰을 때, 공짜로 캔 커피 하나를 얻어먹었다.
 "주말인데도 독서실 갔다 오니? 항상 밤늦게까지 열심

이네."

그야 낮에는 밖으로 나오지 않으니까요.

갑자기 훅 들어온 사장님 질문에 머뭇거리며 대답을 얼버무렸다.

"아, 네."

사실 거짓말이었다. 그 어떤 계획도 노력도 하지 않았다. 학교를 자퇴하고 나서 방에 틀어박혀 나오지 않는 나를 두고 엄마는 화를 내기도 했고 울며불며 애원하기도 했다. 병원에 나를 데려가려 했지만 불필요한 일이었다. 나는 내 문제를 잘 알았으니까.

그냥 혼자 있고 싶었다. 그 누구도 내게 관심 갖는 게 싫었고 힘겹게 느껴졌다. 세상이 내게는 호의적이지 않았다.

날 괴롭히던 애들을 한번 들이박은 적이 있었다. 도대체 내게 왜 이러느냐는 물음에 녀석들은 "그냥. 그냥 꼴 보기 싫어서."라고 했다. 그 대답을 듣는 순간, 세상에 정나미가 다 떨어졌다. 그리고 나를 진료한 적도 없는 의사는 엄마 말만 듣고 나를 두고 '선택적 히키코모리'라는 진단을 내렸다. 그러려니 했다. '그냥'과 '그러려니' 사이에는 차이가 있을 듯하지만 세상에 대한 애정이 없다는 점은 같았다.

스스로를 방에 가뒀지만 창문을 열면 밖에서 들려오는 소음에 귀를 기울일 때가 있었다. 애써 무시하려고 했지만 어느 날 밤, 그런 생각이 들었다.

내가 잘못한 것도 없는데, 왜 나만 이 방에 갇혀서 살아야 하지?

심야의 세상은 나를 받아 줄 것 같은 기분이 들었다.

오늘도 자정이 되길 기다렸다가 밖으로 나왔다. 엄마는 출장을 가서 내일이나 되어야 온다. 만일 친구가 있었다면 집에 부모님이 없으니 온종일 오락할 수 있어서 좋겠다고 부러워했겠지? 그리고 나는 '그것도 하루이틀이지, 질린다'라며 허세를 떨 테고?

현실에서는 결코 이뤄지지 않을 상상을 하며 편의점에서 끼니를 때우고, 창밖으로 지나다니는 사람들을 구경하는 게 좋았다. 사람들을 보면서 멋대로 상상하는 재미가 유일한 즐거움이었다.

편의점을 나오려는데 알바 누나가 창고에서 상자를 들고 나오려다 넘어졌다. 요란한 소리에 들고 있던 냉동 김밥을 바닥에 떨어뜨렸다.

"이거, 저쪽으로 옮기면 되는 거죠?"

알바 누나가 괜찮다고 했지만 나는 흐트러진 물건을 상자에 넣고 옮겼다. 그래도 나름 편의점 단골인데, 모른 척할 수가 있나!

찌그러진 캔에서 음료가 새어 나왔다. 옷에 음료수 얼룩이 스미자 알바 누나가 연신 미안하다고 어쩔 줄 몰라 했다.

"어차피 세탁할 옷이라 상관없어요. 안녕히 계세요."

고개를 숙이는데 알바 누나의 무릎이 까진 게 보였다.

며칠은 엄청 아플 텐데…….

끈적거리는 음료수 얼룩 따위가 깨진 무릎과 비교할 게 아니었다. 괜찮다는 알바 누나 만류를 거부하고 찢긴 상자까지 편의점 밖으로 들고 나와 폐상자 모아 두는 구석에 세워 뒀다.

"앗, 내 김밥."

이미 늦었다. 바닥에 내동댕이친 냉동 김밥을 줍겠다고 다시 편의점에 들어가기엔 속이 뻔해 보일까 봐 발길을 돌렸다. 내 의도와 달리 '도와주고 김밥을 새로 얻어 가려나?'

하는 오해도 사고 싶지 않았으니까. 오늘은 그냥 집으로 돌아가 라면이나 끓여 먹어야겠다. 엄마가 없으니 마음 놓고 집 안을 활보해도 괜찮은 날이니까.

하늘이 새까맸다. 달 없는 밤이었다. 고개를 돌리자 편의점 앞 CCTV가 눈에 들어왔다. 어쩐지 편의점 사장님이랑 눈이라도 마주친 것 같아서 후다닥 달아났다. 횡단보도 앞까지 뛰어가는데 땀이 났다. 이상 기온이라더니 딱 맞는 말이었다.

일기 예보를 향한 내 믿음은 꽝이었다. 몸살이 났다. 편도선이 부었는지 침 삼키는 것조차 힘들었다. 출근하면서 엄마가 방문 앞에 놓아둔 쟁반 위에 볶음밥이 식어 있었다. 엄마가 대형마트에서 잔뜩 사다 놓은 인스턴트 볶음밥이 분명했다. 냉장고 가득 쟁여 뒀다가 프라이팬에 한 번 볶기만 하면 조리 끝이거나 전자레인지에 데워 먹으면 그만인 음식이었다. 그걸 보고 있자니 몸살이 아니라 볶음밥에 질려서 죽을 지경이었다. 하기야 엄마의 무심함이 하루 이틀 일은 아니다. 예전에 내가 죽을 살 거면 우리 동네 죽

집 말고 옆 단지 우체국 건너편에 있는 죽집이 제일 맛있다고 분명히 일러 줬는데 엄마는 거리가 더 멀다는 이유로 내 부탁을 무시했다. 지금은 그나마도 까맣게 잊었을 테지만.

"죽이 거기서 거기지. 엄마가 특별히 한방 삼계죽으로 샀으니까 잘 챙겨 먹어. 다 나으면 한우 사 줄게."

마음속에서는 한껏 소리치고 싶었다. 한우가 대수냐고, 지금 나는 내 이마를 짚어 주며 보리차라도 끓여서 건네주는 가족이 필요한 것이라고 말이다. 나는 소리를 치는 대신에 하고 싶은 말을 목구멍으로 삼켰다.

그때도 그랬다. 엄마와 아빠의 이혼 소송으로 집이 한창 시끄러운데 나는 나를 괴롭히던 무리에게 교묘히 폭행을 당하고 혼자 끙끙 앓아누웠다. 가뜩이나 복잡한 상황에 내 문제까지 보탤 수는 없어 나는 방문을 닫아 버렸다. 그러는 사이, 내 상태가 심상치 않은 걸 눈치챈 아빠가 학교를 하루 쉬라며 신용 카드를 머리맡에 놓았다.

"죽 먹고 병원에 가서 링거 한 병 맞아. 현규, 잘할 수 있지?"

아빠는 링거 한 병이면 세상의 모든 병이 다 나을 것이라고 믿는 사람이었다.

뭘 잘할 수 있다는 거지?

아빠를 다시 만난다면 내가 뭘 잘할 수 있는 사람이냐고 되묻고 싶었다.

이불을 뒤집어썼다. 까무룩 잠이 들었다. 눈을 뜨니 밤 10시였다. 살겠다고 숟가락을 들었지만 식은 볶음밥을 보고 있는 것만으로도 몸살이 더 도지는 듯했다.

"기어서라도 편의점에 가자. 거기서 파는 호박죽, 새우죽이 더 낫겠다."

온 세상이 푸릇하게 생명력을 과시하는 이 계절에 나만 혼자서 두툼한 패딩 조끼를 껴입고 슬리퍼를 질질 끌면서 편의점으로 향했다. 발걸음이 천근만근이었지만 뜨끈한 죽과 바나나 우유를 먹으면 좀 살 수 있을지도 모른다는 생각에 실없이 웃기까지 했다.

편의점에 들어서자 벨이 울렸다.

"아, 학생. 그동안 왜 안 왔……. 어? 어디 아픈가?"

우리 부모님도 못 알아보는 내 몸살을 얼굴색 보고 맞추는 사장님은…… 귀신인가?

내 상태를 알아봐 주었다는 반가움에 눈물이 찔끔 나오

려는 것을 참았다. 사람이 아프면 감성적으로 변한다더니, 그 말이 딱이다.

"안녕하세요?"

"안녕이고 뭐고, 여기 잠깐 앉아 봐, 학생."

그동안 숱하게 편의점에 왔어도 계산대 안쪽으로 들어갈 일은 없었다. 사장님이 내 팔을 끌더니 계산대 안쪽 의자에 앉혔다. 푹신한 메모리폼 방석이 엉덩이를 포근하게 감쌌다. 뜬금없는 안도감에 한숨을 길게 내뱉었다.

"밥은 먹었어요? 약은?"

"먹으려고요. 저기…… 호박죽 사려고요."

자리에서 일어서려고 하자 사장님이 내 어깨를 꾹 눌러 앉혔다. 개업식 바람 인형도 아닌데 바람 빠진 모양새로 풀썩 주저앉고 말았다.

"여기 가만히 있어. 내가 알아서 해 줄 테니."

사장님은 호박죽과 바나나 우유, 소시지를 데워 왔다. 평소와 달리 조용한 편의점 분위기에 점점 더 몽롱해지는 기분이었다.

"바나나 우유 좋아하지? 먼저 목 좀 축이고. 전에 보니까 이 소시지도 잘 먹던 것 같은데……. 일단 이것들을 먹고 있어 봐요."

사장님이 창고 쪽으로 사라지고 나서 딸그락거리는 소리가 요란스럽게 들렸다. 그러더니 뭔가를 들고 나온 사장님의 손에 눈길이 저절로 갔다. 작은 냄비에 팔팔 끓인 누룽지다.

"요즘 시제품으로 나온 호박죽도 맛있지만 이걸 먹어 봐요. 난 아플 때 누룽지 끓인 걸 먹으면 금방 기운이 나더라고."

입천장이 까지는 것도 모르고 허겁지겁 누룽지를 목구멍으로 넘겼다. 뜨겁고 구수한 숭늉이 몸 안으로 스며드는 느낌이 마냥 좋았다. 한참을 후룩거리며 누룽지를 삼키는 내 앞으로 사장님이 무말랭이무침과 멸치조림을 밀어 주었다.

"우리 아들이…… 누룽지 먹을 때는 무말랭이랑 멸치가 최고라고……."

내 입맛에 맞을지 걱정하며 배려하는 사장님의 모습에 코끝이 시큰해졌다. 나와는 그저 손님과 편의점 주인으로 만난 사이일 뿐인데 지금 이 순간만은 내 속을 제일 잘 알아주는 사람 같아서 고마웠다.

"사장님 아들이 몇 살인데요?"

나를 가만히 바라보던 사장님이 헛기침을 한 번 하더니 대답했다.

"살아 있다면…… 아마 학생보다 한두 살 위겠지?"

예상치 못한 답변에 허둥대고 말았다. 그 바람에 무말랭이무침 한 조각을 계산대 위에 흘리고 말았다. 새하얀 계산대 위에 빨간 양념이 묻었다. 미안한 마음에 어쩔 줄 몰랐다.

"사고였어. 아, 냅 둬. 내가 치우면 되니까. 어서 먹어요, 식기 전에."

사장님이 내가 흘린 반찬을 휴지로 닦아 냈다. 나도 닦아 낼 수만 있다면 괜한 질문을 해서 상했을지도 모를 사장님의 마음을 닦아 주고 싶었다.

"내가 그동안 학생 보는 기쁨이 있었지. 우리 아들 생각이 났거든."

"닮았나요?"

어처구니없는 질문이었다. 부모가 다른데 닮았을 리가! 하지만 눈가에 주름이 잡히도록 웃는 사장님 표정에 마음이 한결 가벼워졌다.

"웃는 게 닮았어. 그리고 착한 마음씨까지도. 내가 자리를 비웠을 때 우리 알바를 도와줬다고 들었는데……. 보니까 그동안 편의점 앞에 상자 정리 도와준 것도 학생이지? 고마워, 학생."

뜨거운 누룽지 때문인지 식은땀이 나더니 몸이 시원해지는 느낌이 들었다.

"사장님. 제 이름, 이현규예요."

나는 누룽지 신봉자로 거듭났다. 편의점 사장님이 끓여 준 뜨끈한 누룽지 한 그릇에 새로 태어난 기분이었다. 편의점 아들도 아닌데 계산대 안쪽에 앉아서 편의점 내부를 둘러보는 여유를 누리자니 기분이 묘했다. 내가 사장님의 아들은 아니었지만 누룽지를 먹는 시간만큼은 사장님의 아들이고 싶었다.

사장님은 아들이 사고로 죽고 쓰러진 부인을 돌보면서 할 수 있는 일을 찾다가 편의점을 열었다는 이야기를 들려줬다. 하루 종일 편의점에서 아들 또래의 아이들이 머리를 맞대고 사발면에 삼각김밥을 먹으며 웃고 떠드는 모습을 보며 한번은 참고 있었던 눈물을 왈칵 쏟았다고도 했다. 사장님이 어떤 마음으로 편의점을 시작했을지 눈에 선했다.

집으로 돌아와 누룽지를 끓였다. 집은 어항 속처럼 고요했다. 나는 병든 물고기쯤 되려나?

흐느적거리며 누룽지 그릇을 쟁반 위에 올렸다. 그러다가 마음이 바뀌었다. 식탁에 앉아 집 안을 둘러보았다.

"이현규, 너 뭐 먹니?"

스스로에게 질문했다. 엉뚱한 행동에 실없이 한번 웃었다. 어쩌면 나는 누군가 내게 다정하게 말을 걸어 주길 오랫동안 기다렸는지 모른다.

누룽지 한 그릇에 마음이 노곤해졌다. 편의점 사장님이 사양하는 내 손에 억지로 들려 준 누룽지 한 봉지와 무말랭이무침이 봉인되어 있던 내 마음에 리셋 버튼을 누른 게 아닌가 싶을 정도였다.

"띠딕, 띠띠, 띠딕."

현관 비밀번호 누르는 소리가 고요한 집 안에 울렸다. 순간 당황해서 자리에서 벌떡 일어섰다. 방으로 다시 도망치려는 나를 붙잡은 건 편의점 사장님이 내게 건넨 말 때문이었다.

현규 학생이 이해해 주면 어떨까? 엄마한테 먼저 손을 내밀어 봐요. 나는 바쁘다는 핑계로 내 아들에게 한 번도 먼저 힘들지는 않니, 하고 물어보지 못한 게 한이 되더라고.

사장님이 말한 그 마음이 어떤 것인지 알 것 같으면서도 나와 한 치도 다르지 않은 똑같은 마음일까, 의구심이 들었다.

주방에 나와 있는 나를 보고 현관에 들어서던 엄마가 얼어붙었다. 나는 아무 일도 일어나지 않은 것처럼 묵묵히 누룽지를 먹었다. 도망치지 않았다. 이제는 엄마 차례다. 엄마는 소파 옆에 가방을 내려놓았다. 나를 피해 안방으로 가 버려도 나는 원망하지 않을 자신이 있었다.

조용히 주방으로 온 엄마가 냉장고 문을 열고 보리차를 꺼냈다. 컵에 물을 따르는 동안 어색한 공기가 우리 사이를 에워쌌다. 천천히 물을 마시는 엄마를 보지 않아도 느낄 수 있었다.

나는 젓가락으로 무말랭이 조각 하나를 집어 천천히 씹었다.

오도록. 경쾌한 소리가 입안에 울렸다.

"단지 앞 반찬 가게에서 샀니?"

엄마는 돌아서지 않았다. 내 등 뒤에서 엄마가 얼마나 망설였을지 알 수 있었다. 내가 현관에 들어서는 엄마를 보는 순간, 방으로 도망치지 않는 그 잠깐 동안만큼이나 엄마도 망설였을 것이다. 나는 그 작은 용기를, 변화를, 외면하고 싶지 않았다.

엄마의 물음에 대답하는 대신 무말랭이무침을 담은 접시를 엄마 쪽으로 밀어 주었다. 엄마가 무침 하나를 손으로 집어 먹었다. 그리고 속삭이듯 말했다.

"너무 맛있다. 간이 딱 좋아."

맛있다는 말이 원래 사람의 가슴을 바닥에 털썩 떨어뜨리게 하는 말이었나? 무말랭이무침은 분명 맛있는 매운맛이었는데 가슴을 아리게 만들었다.

편의점 사장님 말이 딱 맞았다. 자식을 두고 일을 하는 부모의 삶도 만만치 않다고, 특히나 엄마는 더욱 마음이 아플지도 모른다고 말이다. 그 고단함과 자식에 대한 미안함을 애써 아무렇지 않은 척 큰 소리로 호통치거나 속이 문드러져도 묵묵히 밀고 나가는 것일 뿐이라고.

나는 냄비에 조금 남은 누룽지를 밥그릇에 담아 엄마 앞에 놓았다. 엄마는 가만히 밥그릇을 보더니 후룩거리며 숭늉을 마셨다. 숨도 쉬지 않고 숭늉 한 그릇을 마신 엄마의 눈매가 부드럽게 휘어졌다.

"다 컸네, 우리 아들. 언제 이렇게 컸을까?"

숭늉은 분명 맵지 않았을 건데 엄마는 목소리가 잠겨 있었고 코를 훌쩍였다. 나는 대꾸하지 않았다. 무시가 아니라 뭐라고 말을 건네야 할지 머릿속이 새하얘졌기 때문이다. 엄마가 빈 그릇을 싱크대 개수대에 넣으며 나직이 속삭였다.

"고마워, 아들."

무엇에 대한 감사 인사였는지는 내 맘대로 생각하련다.

보름달이 뜬 밤이었다. 편의점으로 향하는 골목길이 여느 날보다 밝았다. 편의점에 들어서자 사장님이 날 부르더니 내 품에 다짜고짜 도시락 가방을 안겨 주었다.

"우리 단골손님. 오늘은 매상 안 올려 줘도 괜찮으니까 이거 갖고 가서 먹어. 아픈데 자꾸 인스턴트 먹으면 낫겠어?"

뜻밖의 선물에 몸 둘 바를 몰랐다. 거절하는 것도 예의가 아니다 싶어서 도시락을 받았다. 내 이마를 짚어 가며 열은 없어서 다행이지만 집에 가서 얼른 누우라는 사장님 말에 허리를 숙여 인사했다. 타인의 다정함에 몸이 먼저 반응했다고나 할까.

"해가 뜬 낮에 한번 올래? 같이 점심 먹자, 응?"

혹여나 내가 부담스러워하지 않는지 사장님이 내 눈치를 살피는 것이 피부로 느껴졌다. 날 바라보고 있을 시선이 얼마나 조심스럽고 다정한지도 상상할 수 있었다. 가만히 바닥만 내려다보고 있던 고개를 들어 사장님한테 똑똑히 대답했다.

"네. 그럴게요."

낮에 보자는 말에 심장이 뛰었다. 참새가 방앗간을 그냥 못 지나가듯 늘 드나들던 곳인데 난생처음으로 아무것도 사지 않고 발길을 돌렸다. 그런데도 배가 불렀다. 자꾸만 도시락 가방을 흔들게 되었다. 몸이 가벼웠다.

번호 키를 누르고 집 안으로 들어갔다. 야근과 출장이 반복되는 엄마의 삶에 익숙해진 나였다. 평소와 다를 바 없는 집이었는데 거실 창으로 들어오는 달빛이 다르게 보었다. 방으로 들어와 도시락 가방을 책상에 내려놓고 호흡을 가다듬었다. 기도라도 하는 듯이 경건한 마음으로 도시락 가방을 열었다.

"아, 사장님. 여름이 오는데 보온밥통이네, 하하."

사장님과 이야기를 나누던 중, 아플 때는 뜨끈한 집밥이 최고라는 말을 연신 내게 건넸던 게 떠올랐다. 약보다 밥이 보약이라는 다소 고전적인 충고도 내게 건넸다.

"히익! 이건……."

반찬통에 가지런히 담겨 있는 것은 명란 계란말이였다. 내가 가장 좋아하는 음식 앞에 나는 말을 잃었다.

"편의점 사장님, 말하지도 않았는데…… 아무래도 귀신 같아."

명란 계란말이 하나를 집어 입에 넣었다. 입안에서 명란이 계란과 함께 어우러졌다. 명란의 작은 알갱이를 한참 음미했다.

참, 엄마도 명란 계란말이를 좋아했던가?

도시락을 깨끗이 비우고 설거지를 하는데 휴대폰이 울렸다. 깡통 굴러가는 신호음이 집 안의 정적을 깼다.

✉ 먹고 싶은 거 없니? 문자로 남겨…… 아들.

누룽지를 나눠 먹은 이후, 처음으로 엄마가 내게 보낸 메시지였다. '아들'이란 단어에 시선이 머물렀다.

엄마는 이 두 음절을 망설이면서 보냈을까? 아니면 자연스럽게 보냈을까?

명란 계란말이를 남겨 놓길 잘했다는 생각이 들었다.

"잘 먹고 잘 쉬어야 빨리 낫지."

편의점 사장님이 신신당부했던 말을 소리 내어 흉내 냈다. 죽은 아들을 억지로 잊으려고 안간힘을 쓰는 대신 나를 보고 아들을 추억하며 더 잘 살아야겠다는 편의점 사장님의 고백이 명란 계란말이에 담겨 있는 게 아닐까.

나는 내 방으로 들어가지 않았다. 소파에 가만히 누웠다. 몸도, 마음도 노곤해지는 밤이었다.

몸살은 나았고, 또다시 평소와 다름없는 일상이 흘러간다. 여전히 엄마는 바빴고, 나는 늘 혼자였다. 달라진 것이 있다면 엄마가 내게 문자를 종종 보낸다는 것과 내가 방에서 나와 거실을 서성이는 정도겠다. 그리고 가끔 편의점 사장님과 함께 편의점 창고에서 도시락을 나눠 먹는다는 즐거움이 생겼다. 말이 좋아서 나눠 먹는 것이지 사장님이 일방적으로 도시락을 나눠 주신다. 밝은 날 보자는 사장님과의 약속을 지키려고 전날에는 잠자리에도 일찍 들었다.

점심시간 즈음, 집을 나서서 편의점으로 출발했다. 문밖을 나서는 일도 이제는 어렵지 않았다.

"야! 건드리지 마라. 얘 그런 애 아니다. 표창장 받은 애라고!"

골목 끝자락에서 바락바락 악을 쓰는 여자애가 발을 구르고 야단이었다. 곁에 선 여자애는 입을 가리고 웃음을 참는 눈치였다. 나는 벼락을 맞은 양 몸이 굳어 버렸다. 나를 괴롭히던 애들의 표정이 내 몸을 옭아맸다. 가위에 눌린 것처럼 옴짝달싹할 수가 없었다. 도시락 가방을 쥔 손에 힘이 들어갔다. 발을 구르던 여자애에게 웃음을 참던 여자애가 만류하듯 손을 내밀었다. 그 손을 보는 순간 굳었던 몸이 계란말이처럼 몰캉해졌다. 온몸에 내달리던 긴장감이 풀리자마자 나는 도시락 가방을 방패 삼아 끌어안고 편의점을 향해 있는 힘껏 뛰었다. 달리면서 생각했다.

주야장천 명란 계란말이를 건네는 사장님에게 쑥스럽지만 이 말은 꼭 해야겠다고.

"사장님. 명란 계란말이는요, 완전 '표창장감'이었어요."

짝 퉁 표 창 장

세림과 은희

언제부터 김은희가 문제아였는지 아무도 모른다. 그냥 애들이 수군대면서 "쟤, 문제아야."라고 하니까 다들 "아, 그렇구나." 하고 순순히 받아들였다는 것이 맞겠다. 나는 김은희가 문제아라는 사실보다 다른 애들이 그렇게 부른다고 부정하지도 않고 무생물처럼 가만히 있는 것이 이해 불가였다. 나라면 나에 대해 대놓고 수군거리는 걸 못 참았을 것이다. 하물며 반 아이들이 지독한 문제아라고, 다들으라는 듯 떠들어 대는데 저렇게 평온하게 엎드려 자다니! 김은희의 속내가 궁금했다. 참았다가 몰아서 복수하는 스타일일까, 아니면 적수가 못 되는 애들이 까부는 것이니 참아 준다는 대인배의 아량일까.

"김은희, 초딩 때부터 술 마셨대. 담배도 피운다는데?"

"유세림, 눈 안 마주치게 조심해. 컨디션 별로일 때 눈이 마주치면 머리털을 다 뜯어 놓는다는 소문도 있어."

피식.

나도 모르게 바람 새는 소리가 났다. 살면서 듣던 소리 중 제일 허무맹랑한 소리였다. 인간의 머리털이 얼마나 질긴데, 의지만으로 몇 가닥도 아니고 '다' 뜯어 놓는다고?

"반장, 넌 겁 안 나?"

어처구니가 없었다. 겁난다는 애들이 김은희 다 들리게 뒷담화를 한단 말인가! 누가 봐도 김은희에게 똑똑히 들으라고 하는 소리였다. 좀 더 극적이거나 논리적으로 그럴듯하게 지어낸 소문이라면 감탄이라도 할 텐데 술, 담배…… 죄다 뻔한 얘기들뿐이었다.

"나도 맥주 마셨는데? 수학여행 가서 다들 몰래 마셔 봤잖아. 아, 그건 제외하는 거야?"

"에이, 그건 다르지. 반장, 너 MBTI, T지?"

누구는 맥주를 마셔도 면죄부를 받고, 누구는 문제아가

되는 기적의 논리였다. 김은희와 같은 반이 된 것은 처음이라 어떤 애인지 잘 몰랐다. 친한 아이도 아니어서 특별히 두둔할 이유가 내게는 없었다. 그렇다고 해도 겪어 보지 않은 김은희의 뒷말에 동참하는 것은 불공정하다는 생각이 들었다.

김은희는 말이 없었다. 내가 지켜본 김은희는 그랬다. 한없이 조용하기만 한 아이였다. 무성한 소문에 결코 어울리지 않은 아이였다.

종이 울렸다. 쉬는 시간 내내 꼼짝하지 않고 엎드려 있던 김은희가 몸을 일으켰다. 기지개를 켜더니 고개를 천천히 돌려 뒤를 돌아보았다.

"흐헥, 들켰나?"

방금까지 신나게 김은희 뒷말을 하던 민지가 국어책으로 얼굴을 가리며 딴청을 피웠다. 김은희랑 눈이 마주쳤다. 나도 김은희도 시선을 피하지 않았다.

일 년에 딱 두 번 있는 대청소날이다. 1학기와 2학기에 각각 한 번. 다 같이 먼지를 쓸고 닦는 행사는 학교의 전통이었다.

"우리가 다닐 학교를 우리 손으로 쓸고 닦으며 사랑하는 마음을 갖는다!"

교장 선생님이 매년 입학식 때마다 들려주는 단골 멘트다.

"설마 도망…… 간 거야?"

분노가 치밀어 올랐다. 누구는 시간이 남아돌아서 청소하는 줄 아냐고!

담임 심부름을 다녀오니 반 애들의 3분의 2가 증발해 버렸다. 그나마 남은 애들은 대청소의 의미가 뭔지 모르는지 삼삼오오 모여서 동영상을 보거나 아이돌 춤을 따라 하느라 난리법석이다.

각자 청소 담당 구역을 적어 놓은 화이트보드를 있는 힘껏 노려보았다. 도망친 애들을 향해 레이저를 쏘아봤자 이미 도망친 애들이 다시 올 리 없었다. 양심은 있는지 몇몇은 화이트보드에 포스트잇을 붙여 놓고 사라졌다.

'학원 때문에, 쏘리.'

하나같이 뻔한 핑곗거리였다. 핑계를 대려면 좀 창의적으로 꾸며 대든 하지…….

"가라, 다 가!"

남은 몇 명이 내 말을 듣더니만 쏜살같이 가 버렸다. 어금니를 물고 주변을 정리하는데 눈길 닿는 곳마다 엉망이었다. 교실 뒤 거울 담당은 누구더라?

"또 뭐 하면 돼?"

김은희였다. 놀라서 간 떨어질 뻔했다. 김은희는 기척도 없이 이동하는 기술도 가졌나 보다.

"하, 놀래라. 너 구역…… 어? 넌 복도 유리창 담당 아니야?"

"응. 다 끝냈어."

"그럼 가도 돼. 네 몫은 다 했으니까."

청소가 끝난 구역을 수첩에 체크했다. 아무래도 담임한테 혼날 게 뻔했다.

"내가 도와줄 건 없어?"

이게 대체 무슨 수작이지?

김은희가 낯설었다. 원래 친하지도 않았지만 내가 들던 김은희에 대한 정보에 오류가 발생한 느낌이었다. 역시, 사람은 겪어 봐야 안다는 할머니 말이 딱 맞았다.

"넌 왜 안 가는데? 반장이라서?"

김은희의 목소리가 다정하게 느껴져서 내 속내를 드러

내고 말았다.

"아으, 진짜! 나도 반장만 아니면 도망갔다!"

내 반응이 웃겼는지 김은희가 웃었다. 이까지 드러내고 웃는 모습이 예뻤다. 소문의 문제아가 상상되지 않는 해맑은 미소였다.

"도망가, 그럼."

말을 트고 처음으로 김은희가 문제아다운 답변을 남겼다.

"그럼 대청소 마무리를 못 하잖아. 내일 담임한테 엄청 혼날 건데. 누가 하니?"

대놓고 퉁명스럽게 대하는 내게 여전히 웃어 보이는 김은희는 강적일 수도 있겠다.

"내가 해 줄게."

예상치 못한 김은희의 선행은 나를 뒷걸음치게 했다.

얘, 진짜 무서운 애구나! 도무지 정체를 감도 잡을 수 없게 만드니 말이야.

대청소는 무사히 마쳤다. 김은희와 청소 마무리를 하고 교문을 나섰다. 의외였다. 김은희는 묵묵히 제 할 일이 아

넌 남의 청소 구역까지 도맡아 하고도 생색 한 번 내지 않았다. 당연히 공치사를 하며 뭔가 요구할 줄 알았는데 정말 쿨하게 도와주기만 하고 제 갈 길을 갔다.

"야!"

부르면 당연히 돌아볼 줄 알았는데 그냥 제 갈 길을 가는 김은희의 행동에 적잖이 당황했다.

"야, 김은희!"

김은희가 걸음을 멈추고 돌아봤다. 웃음기가 싹 사라진 김은희 얼굴이 낯설었다. 김은희의 평소 모습은 이게 맞는데, 대걸레를 함께 밀면서 웃던 표정이 머릿속에서 떠나지 않았다. 나는 순순히 제 시간을 나눠 준 김은희에게 고마운 마음을 전하고 싶었다.

"갈비…… 먹을래?"

하필이면 '극락 원조 갈비' 앞에서 김은희가 걸음을 멈춘 까닭에 계획에도 없는 소리를 했다. 김은희가 내 얼굴을 한번 쳐다보더니 내 뒤쪽, 정확히는 내 뒤 머리 위쪽에 걸린 '극락 원조 갈비' 간판을 올려보았다.

"유세림. 너, 부자야?"

이렇게 노골적인 질문은 처음이다.

'소문에, 김은희가 삥 뜯는 데 일인자래.'

애들이 떠들어 댔던 소문 중 하나가 귓가에 맴돌았다. 괜한 제안을 했나 싶어서 입술을 깨물었지만 늦었다.

"내가 묻잖아. 반장, 너 부자냐고."

"아니거든. 용돈이 코딱지만 한데 내가 엄청 선심 쓰는 거거든."

김은희가 웃지도 않고 내 얼굴을 뚫어져라 쳐다보았다.

부담스러운 저 시선!

김은희가 손을 올렸다.

흐헥! 폭력까지 써서 삥 뜯는 애였어?

겁에 질려 눈을 감는 것만큼 추한 일은 없다고 생각했기에 눈에 힘을 잔뜩 줬다. 김은희의 손이 내 눈앞을 가로질러 길 건너를 가리켰다. 김은희 손끝이 가리킨 곳은 '버거왕'이었다.

"아…… 햄버거 먹을래? 내가 살게."

"아니, 햄버거는 사지 마. 그냥 콜라 하나만."

자기가 한 말은 끝까지 지키는 애가 김은희라는 새로운 사실을 알아냈다. '버거왕' 매장에 진동하는 감튀 냄새와 육즙이 줄줄 흐를 것 같은 패티 냄새와 각종 소스 냄새에도 김은희는 굴복하지 않았다. 약속대로 콜라 하나만 주문했다. 굉장한 의지력이다. 누군가 내게 따끈한 치즈 감자볼을 권했다면 나는 홀랑 넘어갔을 것이다. 그뿐이 아니다. 김은희는 콜라를 집어 들더니 원샷하는 기행을 선보였다. 빨대도 쓰지 않고 컵 뚜껑을 벗기더니 시원하게!

단숨에 콜라를 들이켜는 김은희 모습을 멍하니 바라보기만 했다. 얼음이 달그락거리는 소리가 나더니 김은희가 한숨에 들이켠 콜라 컵을 쟁반 위에 내려놓았다.

"너, 진짜 대단하다."

나는 박수까지 치고 말았다.

"어떤 의미에서야?"

갑자기 김은희를 골려 주고 싶었다.

"너 좋을 대로. 맘대로 생각해."

또, 또 김은희가 웃었다. 청소할 때보다 훨씬 밝게 웃었다. 즐거워하고 있다는 느낌이 전해질 만큼 김은희의 입가가 옆으로 길게 늘어났다.

콜라를 원샷하는 김은희라면 어떤 일이 닥쳐도 겁 없이 해낼 것이고 견뎌 낼 것이다. 속에서부터 솟구쳐 오는 트림도 꿋꿋이 참아 냈으니까.

AI가 세상을 지배할지도 모르고, 화성으로 이주를 고민할지도 모를 시대가 다가오고 있음에도 사람들의 편협한 사고가 바뀌지 않는다는 오늘의 현실이 무섭다.

"김은희라고?"

담임 선생님의 반응은 뭐랄까, 시큼털털한 김치를 한 입에 넣었을 때처럼 일그러졌다. 나는 담임 얼굴에 생긴 주름의 각도와 굴곡을 통해 담임이 어떤 마음인지 곧바로 이해했다.

"이달의 선행상 추천하라면서요? 김은희는 이번 대청소에서 가장 열심히 청소했어요. 심지어 자기 담당 구역이 아닌데도 바쁜 친구들을 대신해서 청소를 마무리했고요. 그러면 선행상을 받을 자격, 충분하지 않나요?"

자신들 구역까지 김은희가 청소해 줬다는 말에 반 아이들도 김은희를 선행상에 추천하는 것을 반대하지 않았다. 하긴, 양심이 있으면 적극적으로 동의해야 할 것이다.

아무래도 선생님의 표정에서 찜찜한 의심을 떨치기 힘들었다. 나는 대놓고 질문했다.

"선생님. 김은희가 선행상 후보로 적합하지 않다는 근거를 대 주세요, 그럼."

나는 김은희가 왜 우리 반 대표로 이달의 선행상 후보가 되어야 하는지 충분한 근거를 들어서 추천했다. 만약 김은희가 후보로 부적합하다면 나를, 우리 반 전체를 설득할 만한 근거를 담임도 들어야 할 것이다.

"좋아. 은희가 좋은 일을 했고 칭찬받아 마땅해. 그런데 교무 회의에서…… 그러니까 회의 때 기왕이면 통과할 수 있는……."

더 들을 필요도 없다는 생각이 들었다. 선행상 추천에 별 관심이 없던 아이들도 담임의 말에 뜨악한 표정을 지었다. 얼굴이 빨개진 담임을 보고 있자니 좀 측은한 마음이 들기는 했다. 교무실에서 막내에 속하는 우리 담임이 다른 선배 선생님들과 교장 선생님을 설득할 수나 있을까.

"선생님들이 우리더러 선행상 후보를 직접 추천하라고 했잖아요. 그러고선 선생님들 기준에 딱 들어맞지 않으면 안 된다는 거예요? 우리 반 후보는 김은희예요. 김은희는 누구보다 열심히 대청소를 도왔다는 근거가 있고, 그 태도는 모두가 본받아야 할 가치가 있다고 생각합니다."

가슴 속에서 뜨거운 무언가가 치밀어 올랐다. 울컥 눈물도 나려고 했다. 내가 제정신이 아닌가 보다. 가슴이고 머릿속이고 무슨 일이 있어도 '선행상은 김은희닷!' 하는 외침이 울려 대고 난리였다.

"저기요…… 선생님, 저는 선행상 같은 거 받지 않아도 괜찮아요."

내내 고개를 숙이고 있던 김은희가 손을 들더니 제 의사를 밝혔다. 갑자기 교실 안이 침묵 속으로 침몰했다. 김은희 발언에 내 두 손이 벌벌 떨렸다.

"학교에서 선행상을 주는 기준이 뭔가요? 사실 그냥 착한 일, 좋은 일을 했다고 상을 주는 게 아니라 후보자의 성적대로 주겠다는 거 아닌가요?"

분명히 밝히지만 나는 김은희의 대변자도 아니고, 정의를 구현하는 투사도 아니다. 그저 선행상이라면 말 그대로 좋은 일을 한 사람은 받을 자격이 있다는 사실을 확인하고 싶었을 뿐이다.

"유세림, 난 괜찮아. 상 안 받아도…….."

김은희의 말에 나는 폭발하고 말았다.

"안 돼! 받아야 해, 너!"

이제 선행상은 단순히 매달 한 번씩 치르는 월례 행사가 아니다. 김은희, 그리고 우리 반 아이들, 편협한 사고에서 벗어나지 못하는 모든 사람들에게 세상을 똑바로 보게 만드는 계기가 될 것이다.

"우리 반 선행상 후보는 김은희예요!"

반 아이들이 하나둘 외쳤다. 돌림노래처럼 들리는 울림에 가슴이 뜨거워졌다.

열여섯, 참으로 힘없는 나이다. 모두 함께 끝까지 밀어붙이는 바람에 김은희는 우리 반 대표로 이달의 선행상 후보가 되었지만 교무 회의에서 최종 탈락하고 말았다. 급식을 먹은 아이들이 교실에 다 돌아왔을 즈음, 임시 반 회의를 열었다.

"유 반장, 어떻게 할 거야?"

민지가 물었다. 나는 비어 있는 김은희 자리를 바라보며 결심을 굳혔다.

"뭘 어째. 우리 힘으로 진행해야지."

선행상을 받지 못하게 되었다는 사실을 예감이라도 한 듯이 김은희가 결석했다. 대청소를 땡땡이친 아이들까지 김은희가 선행상을 받지 못하게 되었다는 사실에 분개했다.

"김은희가 문제아라서 선생님들은 선행상을 주기 싫었던 게 분명해."

"그것도 있지만 문제는 성적이 아니었을까? 선행상 받는 애들을 보면 다 반에서 1, 2등 하는 애들이 대부분이었잖아."

'왜 김은희가 선행상을 받지 못하는가!'에 대해 아이들이 떠들었다. 목에 핏대를 세워 떠들어 봤자 어차피 결과는 달라지지 않았다.

"어른들의 기준에 김은희는 안 될지 몰라도 우리 반에서 김은희는 선행상을 받아 마땅해. 다들 찬성이지?"

내 물음에 아이들이 하트를 쏘고 머리 위로 오케이 사인을 들었다. 몇몇 아이들은 선물을 하자고 했다. 선물로는 립밤이 좋네, 틴트가 최고네, 제각각 자신들이 갖고 싶은 선물 목록도 제시했다.

"우리가 김은희에게 주려는 것은 선행상이야. 나는 우리 반 전체의 이름으로 은희한테 선행 표창장을 똑같이 만들어 주면 어떨까 싶어."

왁자지껄했던 아이들이 갑자기 조용해졌다. 민지가 눈을 동그랗게 뜨고 물었다.

"유 반장. 짝퉁 표창장을 만들자는 거야?"

우리가 하려는 일은 위조가 아니라 마음을 담는 일이었다. 나는 가슴을 펴고 설명했다.

"우리가 만드는 건 짝퉁 표창장이 아니라 진짜야. 우리 모두의 진심이 담긴 진짜 표창장."

골목 모퉁이를 도는데 추리닝을 입고 있는 한 명의 남자애와 두 명의 여자애가 김은희를 에워쌌다. 뭔가를 요구하는 듯한 무리의 모습에 나는 직감적으로 김은희가 위험하다는 사실을 깨달았다. 모든 사건은 생각만 하는 사이, 걷잡을 수 없는 방향으로 흘러간다. 무엇보다 막다른 골목에 우리 반 친구를 혼자 내팽개칠 내가 아니다. 수많은 청소 구역을 함께 정리한 우리는, 친구였다.

"야! 건드리지 마라. 얘 그런 애 아니다. 표창장 받은 애라고!"

단전에서부터 나의 모든 에너지를 끌어올려 악을 썼다. 그리고 김은희를 에워싼 애들을 향해 달려들었다. 나는 김은희의 앞을 가로막아 섰다.

"걱정 마. 너, 혼자 아니야."

심각한 내 말에 김은희가 "풋!" 하고 소리 내어 웃었다. 문제는 소리 내어 웃은 사람이 김은희만이 아니었다는 거다. 에워싼 애들도 "뭐냐?" 하며 피식거렸다. 기분이 나빠지려는 찰나, 무리의 여자애가 김은희에게 말했다.

"엄마한테 이르기 없기야. 난 분명히 갚았다, 만 원."

김은희와 똑같이 생긴 한 살 위 언니였다. 내가 혼자 오바 떠는 바람에 상황이 우습게 되기는 했지만 한편으로는 다행이었다. 아무리 계산해도 2대 3은 무리였으니까.

김은희는 오른팔에 깁스를 하고 학교에 나타났다. 수업이 끝나고 우리가 만든 표창장을 건네자 김은희의 얼굴이 묘하게 일그러졌다. 웃는 것도 같았고 울음을 참는 것도 같은 기묘한 표정이었다.

"팔은 언제 낫는대?"

"날 때 되면 낫겠지. 집에 아무도 없는데 뼈에 금이 가서 죽을 뻔. 그거 핑계로 결석했지."

"걱정했잖아. 대청소 혼자 다 해서 몸살 난 줄 알고. 크큭, 대청소 도망간 애들이 엄청 찔려 했다. 크크큭."

소소한 농담을 주고받으며 걷다 보니 곁에 있는 김은희가 오랜 친구같이 느껴졌다. 아무리 살펴봐도 김은희는 조용한 아이였다. 함께 어울리는 친구가 없을 뿐 특별히 튀는 행동을 하지도 않았다. 남에게 피해를 주지도 않았고 교실 풍경에 녹아든 존재처럼 보였다.

선입견으로 타인을 바라보는 게 얼마나 불필요한 일인지······.

'극락 원조 갈비' 앞이었다. 갈비 굽는 냄새가 코끝을 찔렀다. 가게 안에서 우리 또래로 보이는 남자애가 쓰레기봉투를 들고 지나쳤다. 길을 비켜 주며 머쓱해서 김은희에게 물었다.

"갈비······ 먹을래?"

"유세림. 너, 부자야?"

언젠가 들었던 말이다. 김은희에게 마음을 활짝 열게 되었던 유쾌한 말.

"아니!"

킥킥, 소리 내어 웃고 말았다. 김은희가 주머니에서 만 원을 꺼내 흔들었다.

"콜라 마시자. 이번엔 내가 쏠게. 유세림은 치즈볼 감자 좋아하니까 그것도 살게."

김은희의 말에 숨어 있는 다정함이 자꾸만 날 웃게 했다.

금박 테두리가 에워싼 표창장이었다. 반 아이들이 기왕이면 진짜보다 훨씬 멋지게 만들어 주자며 인터넷으로 검색해서 찾아낸 업체에서 만든 우리만의 표창장.

"짝퉁 표창장, 어때?"

조심스레 묻는 내 질문에 김은희가 대답했다.

"짝퉁이 어딨냐? 내가 보기엔 찐이던데. 진짜 표창장."

역시 김은희는 우리 반이다. 우리의 마음을 바로 읽어 냈으니까.

양념갈비가 익어 가는 시간

규섭과 아빠

 온 학교가 체리폰이 아니면 안 된다고 아우성치는 세상이 왔다. 어차피 신형 체리폰을 사지 못할 것을 알면서도 하루가 멀다하고 매장에 들리는 내 신세가 처량하다. 그러나 갖지 못하면 구경이라도 실컷 하자가 내 나름의 소신이었다.
 "왓 썹, 규섭. 모양 빠지게 폰이 그게 뭐야? 눈팅만 할 거야?"
 신형 체리폰 모델 중에서도 크리스탈 그레이 색상이 마음에 쏙 들었다. 너무 탁하거나 묵직해 보이지 않으면서 우아함과 고급스러움이 느껴지는 색상이었다. 전시용 제품을 몇 번이나 쓰담쓰담 했는지 액정에 내 지문이 잔뜩 묻어났다.

"어때? 손에 쫙 달라붙는 느낌이 다르지?"

한동민은 체리폰 신봉자다. 수업을 마치고 집에 가기 전에 나는 늘 한동민과 함께 큰길 건너 체리폰 샵에 들린다.

"누가 모르냐?"

괜한 심통에 한동민한테 짜증을 냈다. 한동민은 지난주에 신형 체리폰을 손에 넣었다.

"참지 마. 일단 질러. 최규섭, 너 이런 애 아니잖아."

녀석이 시크 블랙 체리폰을 내 눈앞에서 약 올리듯 흔들었다. 매장 안 대형 스크린 화면에 여자 인기 아이돌이 찍은 체리폰 광고가 연일 흘러나왔다.

"참지 않고 지르면 어쩔 건데? 가격 봐라. 내가 지를 수나 있겠냐?"

세상이 빠르게 변하고, 휴대폰은 더 빠르게 새 모델을 세상에 쏟아 내고, 가격은 더 무섭게 올라갔다.

"성적 올려. 올려서 엄마한테 사 달라고 해."

성적은…… 세상 그 무엇보다 공포스럽게 제자리걸음이다. 따라서 성적을 올릴 테니 새 폰을 사 달라는 말은 입 밖에 낼 수가 없다.

"한동민. 장난하냐? 성적을…… 하아, 천만 년 뒤에 사라는 뜻이냐?"

아쉽지만 오늘은 여기까지다. 구경하던 체리폰을 내려놓고 발길을 돌렸다. 우리를 지켜보던 판매 직원에게 살짝 고개 숙여 인사를 했다. 마스크 밖으로 보이는 눈빛을 보니 내 처지를 이해하는 모양이었다. 측은지심이 눈빛에 스며 있다고나 할까.

안녕히 계세요. 또 구경만 했네요. 다음에 또 올게요. 죄송해요.

다음에는 '박재훈'이란 명찰을 단 판매 직원 형에게 통성명이라도 하는 것이 도리일 것 같았다.

체리폰으로 게임을 하고, 체리폰으로 영상을 보고 음악을 듣는 아이들이 세상 무엇보다 부러울 따름이다.

그래, 결심이 필요한 순간이 왔다.

"한동민. 나, 돈 모으기 전까지 다시는 매장에 안 온다."

"어떻게? 기말고사 일등 할 각오가 갑자기 막 생겼어?"

녀석을 향해 주먹을 날리고 싶었으나 지금은 그럴 때가 아니었다. 공짜로 얻을 수 없다면 직접 구하는 수밖에.

"너, 뭘 어떻게 해서 체리폰을 샀다고 했지?"

명절 중에 설날이 으뜸이다. 매해 설날이면 정성을 다해서 세배를 했건만 지금 내 수중에 남아 있는 세뱃돈은 감쪽같이 증발하고 없다.

"세뱃돈이랑 알바를 했지."

"알바?"

"응. 고물가 고금리라 세뱃돈도 예전 같지 않아. 이젠 어른들 주머니 사정도 이해하는 십 대가 돼야 하지 않겠니, 규썹? 우리 큰아버지 농장에 가서 상추랑 가지를 수십 박스 땄어."

의외였다. 동민이라면 몇 날 며칠을 징징대며 졸라 댈 스타일이라고 여겼는데 제 손으로 벌어서 샀다니, 새삼 사람이 달라 보였다.

"어른들이나 우리나 쉽지 않은 시대가 왔썹, 규썹."

녀석이 장난처럼 말했지만 무슨 뜻인지 알겠다. 부모님이 운영하는 '우리 만두' 가게도 매출이 훅 떨어져서 요 며칠 집안 분위기가 심상치 않았다. 가게에서 오랫동안 함께 일했던 이모님도 지난주에 그만두었다. 말이 좋아서 퇴직이지 악화된 매출 사정으로 빚어진 반강제적 퇴직이라고 보는 게 맞을 것이다. 이모님이 가게에 나온 마지막 날, 엄마랑 이모님은 부둥켜안고 엄청 울었다고 했다. 아빠 말로는 그날따라 손님이 열 명도 되지 않아서 울었는지, 이모님이 내일부터 가게에 나오지 않는다는 사실 때문에 울었는지는 엄마만 안다고 했다. 이런 상황에 체리폰 운운했다가는 집에서 쫓겨나는 것은 물론이고 사람 대접도 못 받을 게 당연했다.

집으로 가는 길목에 '우리 만두' 앞을 지나쳤다. 예전 같으면 배고프다며 들렀을 가게인데 모른 척하며 횡단보도를 건넜다. 유리창 너머로 만두를 찌는 아빠와 텅 빈 가게를 쓸고 닦는 엄마가 눈에 들어왔다. 가슴이 뜨거워지더니 터진 만두처럼 흐물거렸다. 정성을 다해 좋은 재료로 만들고 적당한 온도로 잘 쪄야 기막히게 맛난 만두가 탄생한다며 엄마와 아빠는 한결같은 모습으로 일하는데 왜 세상은 씁쓸하게 변하는 것인지. 도통 이해할 수가 없었다.

공원 정자에 앉아서 알바 광고 앱을 구석구석 살폈다.

기분 탓인가? 눈에 띄는 알바 자리가 없었다.

"시급이 시급하다고."

혼잣말로 중얼거렸더니 발밑에 다가온 비둘기들마저 도망가 버렸다. 웬만해선 인간의 호통이나 위협에도 꼼짝하지 않는 유일한 생명체가 비둘기인데. 비둘기마저 피하는 내게 온전한 알바 자리가 있을 리가 있나! 내가 원하는 금액의 시급이 날 기다리고 있을 리 없었다. 미성년자에게는 어림도 없는 일이다.

집에 가서 방 청소나 해야지.

마음을 고쳐 먹고 발길을 돌리는데 양념갈비 냄새가 코끝을 찌르다 못해 심장을 두드렸다. 아빠가 그랬다.

'이상하게 돈 없으면 필요한 게 생기고, 갖고 싶은 것도 생기고, 무엇보다 배가 심하게 고프다.'

'극락 원조 갈비' 새로 오픈한 가게였다.

불경기라는데 이렇게 크게 갈비집을 열다니!

사장님이 대단한 재벌이거나 배포가 남다른 사람일 것이다. 오픈 기념을 알리는 바람 인형이 격렬하게 흐느적거리고 있었다.

오픈…… 오픈? 시작, 홍보. 홍보하면…… 전. 단. 지!

내 몸은 뇌보다 빨랐다. '극락 원조 갈비' 문을 밀고 들어갔다. 머뭇거리다가는 손님 자리로 안내를 받을까 봐 잽싸게 움직여 계산대 쪽으로 향했다.

"사장님이시죠?"

"사장이면?"

꽤나 깐깐해 보이는 아저씨였다. 할아버지라고 하기엔 머리숱이 풍성했고 아저씨라고 확신하기엔 주름이 많았다. 위협적인 어조가 내 심장을 쫄깃하게 만들었지만, 아저씨의 빨간 뺨을 보자 체리폰이 연상되었다. 주춤거리다가는 반격을 당한다. 반격을 당하기 전에 선방을 날리자.

"가게 홍보하셔야죠. 전단지 돌리실 거면 제가 적임자입니다! 최선을 다해서 빠르고 정확하게 돌릴게요."

"시대가 어느 때인데. SNS 홍보할 거다."

"아, 사장님! 세상이 빠르게 변해도 아날로그를 그리워하는, 그러니까 발걸음이 느린 어르신들을 위해 전단지라는 홍보 전략도 써 보세요. 극락의 뜻이 천국 아닙니까? 그러니 천국의 맛을 원조로 갖고 있는 갈비집이다, 이런 뜻 아니냐고요? 극락이라면 어르신들이 더 많이 아는 단어인데 SNS보다는 전단지죠. 아닌가요?"

사장님이 나를 빤히 바라보았다. 아니, 노려보았다고 해야 더 근접한 표현일 것이다. 그래서 당장에라도 퇴짜맞을 줄 알았다.

"돌려라, 전단지."

전단지는 '극락 원조 갈비'에서 내가 일할 수 있는 재목인지 아닌지의 여부를 가리기 위한 일종의 입사 테스트였다. 이곳에서 일하려면 행인들에게 하나도 빠짐없이 전단지를 돌려야 한다. 눈 가리고 아웅하는 짓도 안 된다. 예를 들어 한 사람에게 두세 장씩 건네준다든지 남은 전단지를 버린다든지 하는 행동은 어림도 없는 일이다. 심지어 안 받으려고 주머니에 손을 넣은 사람에게는 옆구리에 꽂아 주기까지 했다. 나는 프로였다.

"제법 많은 수였는데 정말 하나도 빠짐없이 돌렸니?"

"네. 종잇값이 얼만데요."

담임이 늘 하던 말을 인용했다.

'교과서에 쓰인 종잇값이 얼만데 공부를 게을리하는 것이냐!'

담임의 목소리가 환청으로 들렸다. 사장님이 뒷짐을 지고 고민하는 척하더니 날 향해 고개를 끄덕였다.

"더 일하고 싶다, 이거지? 좋다. 어른들께 허락받아 와."

"아, 왜요!"

사업주에게 예의 바르고 공손해야 했는데 성급한 마음에 경솔하게 악을 썼다. 급하게 입을 막았지만 엎질러진 물이었다. 사장님은 테이블 위에 물컵을 집어 들더니 단숨에 들이켰다.

"미성년자잖아. 행여나 보호자 동의서를 멋대로 만들어서 사인할 생각은 접도록. 그거 문서 위조야. 영화 〈기생충〉 봤지? 안 돼."

기생충이고 뭐고, 나는 그저 '극락 원조 갈비'에 기생하고 싶을 뿐이었다.

"사장님, 서빙도 아니고 불판 닦는 일인데도 부모님 허락을 받아야 해요? 제 손으로 닦는 일인데요?"

말을 마치기 무섭게 사장님이 내 두 손을 덥석 마주 잡더니 진지한 표정으로 말했다.

"내가 잡은 이 두 손은 너의 손이기도 하지만 그 전에! 최규섭 군의 부모님이 물려주신 귀한 손이야."

이렇게 된 이상, 반격이다!

나는 마음을 굳게 먹고 노선을 바꿨다. 진심을 보이기로.

"사장님. 저희 부모님…… 만두 가게를 하시는데 요즘 많이 힘드세요. 그래서 제가…… 가게에 보탬이 되고 싶습니다."

틀린 말도, 거짓말도 아니었다. 나는 '우리 만두'의 아들이었고, 부모님께 보탬이 되고자 신형 체리폰을 사 달라고 조르는 대신 알바를 해서 스스로 폰값을 마련하려는 거니까. 그리고 세상은 끊임없이 두드리고 간절히 구하고자 하는 이에게…… 열렸다.

불판이 달궈질수록, 양념갈비가 탈수록 내 마음도 함께 타들어 갔다. 홀 서빙을 하는 이모님들이 세상에서 제일 부러웠다. 소원하던 '극락 원조 갈비'의 식구가 되었지만 행복에 이르는 길은 멀고도 험했다.

"빡빡, 깨끗이 닦아. 첫째도 청결, 둘째도 청결이야."

주방 뒤편이 내 작업장이었다. 사장님은 내게 불판 닦는 일을 맡겼다. 숯을 다루는 것은 위험해서 안 되고, 음식을 맡기는 것은 말도 안 되는 일이고, 서빙은 이미 이모님들 차지였다. 가게 이름은 극락인데 내가 처한 상황은 지옥과 같았다. 집에서는 설거지 한 번을 안 하는 내가 나와서 온종일 양념과 기름에 찌든 불판을 닦을 줄이야······.

"뭐가 이렇게 많냐."

세상은 넓고 양념갈비를 먹는 사람이 이토록 많을 줄은 상상도 못했다. 한동민 말로는 불경기라 외식 사업은 사양길이라고 했는데 '극락 원조 갈비'는 예외였다. '우리 만두'도 이렇게 문전성시를 이뤘다면 체리폰을 사 달라고 졸랐을 텐데 말이다.

아무리 닦아도 월급날은 까마득했다. 불판을 닦다가 힘들 때면 월급날을 생각했다. 매달 마지막 주 월요일에야 알바비를 받을 수 있다. 주말 다음에 오는 월요일은 학교에 가기 싫어서 뭉개다가 지각을 가까스로 면하는 요일이었는데, 이제는 월요일만 기다리며 살게 생겼다.

목욕탕 의자에 걸터앉아 묵묵히 손을 움직였다. 고무장갑 안에서 손가락이 퉁퉁 붓는 느낌이 들었다. 문득 고무장갑을 끼고 만두를 찔 찜통을 들고 가게 안을 누비는 아빠가 생각났다. 하루 종일 가게 구석의 작은 주방에서 만두를 빚는 엄마의 부어오른 손가락 마디도 눈앞에 어른거렸다. 괜히 화가 나서 새카맣게 탄 불판을 철 수세미로 있는 힘껏 문질렀다. 눌어붙은 양념이 떨어져 나가고 불판이 제 색깔을 드러냈다. 속이 후련했다.

"규섭 군. 잠깐 나와서 도와주게."

사장님의 호출이 반가웠다. 주방을 지나 홀로 나가자 가게 입구에 할머니 한 분이 손수레에, 등짐에, 상추를 한 가득 들고 서 있었다.

"어머니. 이런 거 안 가져오셔도 된다니까 그러시네."

"놀면 뭣 하냐. 요즘 상추값이 얼만데, 내가 직접 키운 무공해가 최고지."

사장님의 어머니는 당신 아들보다 주름이 적었다. 다만 살짝 굽은 등 때문에 세월의 풍파를 등으로 짊어지셨나 보다, 유추할 수 있었다.

"학생들, 이리 두면 돼."

할머니 일행이 양손에 작은 상자를 들고 어둠 속에서 나타났다. 내 또래로 보이는 남자애들이었다. 쭈뼛거리며 상자를 옮기는 남자애들의 등을 떠밀더니 할머니가 사장님을 향해 외쳤다.

"얘들 저녁 좀 먹이게 양념갈비 좀 내와라. 상추값은 그걸로 치르자."

어쩐지 말도 안 되는 거래라고 생각했지만 사장님의 웃는 얼굴을 보니 할머니의 셈법이 마음에 드나 보다. 남자애들이 괜찮다고 사양했지만, 할머니는 물러설 생각이 없어 보였다.

"옮기자, 규섭 군."

사장님이 내 어깨를 두드렸다. 나는 상추가 가득 담긴 상자를 들고 홀을 지나 주방으로 향했다.

"흐헉!"

비명이 튀어나오려는 것을 공기와 함께 들이마셨다. 구석 자리에서 '드림 인테리어' 아저씨가 가족들과 식사를 하고 있었다. '드림 인테리어' 아저씨는 '우리 만두'의 단골이자 아빠의 친구다. 여기에서 내가 이러고 있는 것을 들켰다가는 아빠 귀에 들어가는 건 시간문제일 것이다. 나는 아저씨의 별명이 '조암동 스피커'라는 사실을 잘 알고 있다.

"용돈이 모자라니?"

이건 기습이다. 아빠가 내게 용돈에 대해 저토록 다정한 목소리로 묻다니!

마음 같아서는 몹시 부족하다고 하소연하고 싶었지만 고개를 가로저었다. 집안 분위기가 묘하게 변해 있었다. 엄마는 날 보더니 아무 말도 하지 않고 안방으로 들어가 버렸다. 나는 티 나지 않게 코를 움찔거렸다. 양념갈비 냄새나 탄내가 몸에 배었을까 봐 집으로 오는 지름길 대신 큰길로 돌아서 왔다. 바람을 제대로 맞으려고 전력 질주를 하기도 했다. 그러고는 아무 일도 없었다는 듯이 겉옷을 벗어 베란다 빨랫줄에 걸쳐 놓았다.

"저녁은 먹었니?"

점점 더 의심스러워진다. 평소보다 일찍 가게 문을 닫고 귀가한 것도 수상한데 내 저녁까지 챙긴다고?

나는 아빠를 물끄러미 바라보았다. 큼큼, 냄새가 났다.

"아빠랑 만두 먹을래?"

세상에, 이건 천지가 개벽할 일이다. 무슨 일이 있어도 집으로 만두를 싸 오는 법이 없는 아빠였다. 가게에서 만든 만두는 무조건 손님들을 위한 것이고, 다 팔고 오는 것이 아빠의 철칙이었다. 그런데 식탁에 김치만두와 고기만

두가 차려졌다. 만두피가 얇아서 만두 속이 다 보이는 것이 아빠만의 기술이었다. 미지근하게 식은 만두를 앞에 두고 아빠와 나는 어색하게 앉았다. 어색한 공기를 깨려고 단무지 하나를 씹었다. 아빠는 앞접시에 김치만두 하나를 올려놓고 손도 대지 않았다.

"주말에…… 고기 먹을까?"

"고…… 고기요?"

뜬금없는 제안에 단무지가 목에 걸렸다.

"그래, 고기. 양념갈비 같은 거."

양념갈비 소리에 젓가락을 내려놓았다. 심증은 있으나 물증이 없어서 긴가민가하던 차에 명확한 물증을 확인하는 순간이랄까. '드림 인테리어' 아저씨가 '우리 만두' 가게 문을 박차고 들어가 만두를 찌려고 들통을 들고 옮기는 아빠의 팔을 덥석 잡는 모습이 환영처럼 스쳤다. '드림 인테리어' 아저씨는 다짜고짜 아빠한테 목소리를 높였겠지.

'규섭이가 갈비집에서 죽어라 불판을 닦고 서빙을 하고 고기를 자르고…… 아니다, 갈비 양념을 이따아 만한 스뎅 대야에 넣고 버무리고 있네. 자넨, 이 사실을 아는가?'

물론 아빠는 모르는 일이라 어안이 벙벙했겠지. 한바탕

회오리가 몰아치고 난 뒤, 적잖이 당황한 아빠는 정신을 차린 다음 평소보다 일찍 가게 문을 닫고 만두를 싸서 집으로 돌아왔을 것이다. 나를 어르고 달래서 무슨 일이냐고 대놓고 묻고 싶었겠지만, 어르고 달래는 법에 익숙하지 않은 아빠는 고작 '아빠랑 만두 먹을래?'라고 묻는 게 최선이었을 것이다. 차라리 아빠 스타일대로 큰 소리를 치며 직설적으로 묻는 편이 좋았을 텐데…….

끝끝내 속엣말을 꺼내지 못하고 만두만 씹어 대는 아빠의 입을 가만히 바라보았다.

"너, 공부 안 하고 뭐 하고 돌아다니냐? 어?"

씰룩대는 아빠의 입을 보고 있자니 환청이 들려왔다. 이상하게 환청이 정답게 들려서 웃음이 새어 나오려고 했다. 웃음이 터질까 봐 나는 급하게 만두 하나를 입에 밀어 넣었다.

크리스마스가 오려면 아직도 한참이나 멀었는데 집에 산타가 왔다. 산타가 누군지는 뻔했다. 노골적으로 자신의 존재를 알리는 산타는 흔치 않았다.

"이게 다 뭐야?"

편지봉투 안에 만 원짜리와 오만 원짜리가 섞여 있었다. 하나, 두울, 세엣⋯⋯. 이십만 원이었다. 메모 한 장 없었지만 누가 내게 산타 노릇을 했는지 말하지 않아도 알 수 있었다. 휴일 아침부터 코끝이 매웠다. 텅 빈 집에 혼자 앉아 거실 벽에 걸린 가족사진을 넋 놓고 봤다. 아빠, 엄마, 나⋯⋯ 초등학교 2학년 때 찍은 사진이 세월의 흔적을 고스란히 담고 있었다. 사진 속의 나는 앞니가 빠진 채 웃고 있었다. 엄마는 그런 나를 다정하게 끌어안고 있었다. 웃지 않고 있는 사람은 아빠뿐이었다. 세상 심각한 표정으로 카메라를 주시했을 젊은 날의 아빠가 상상되었다. '우리 만두'를 개업하기 전에 찍었던 가족사진이었다.

✉ 굶지 말고 밥 챙겨 먹어라.

화들짝 놀랐다. 아빠가 보낸 메시지라고 믿을 수 없을 만큼의 자상함에 설렜다고 하면 징그러우려나?

언제부터 아빠는 웃지 않게 되었을까?

아빠도 태어나면서부터 가장의 무게를 예상하지는 않았을 것이다. 문자 메시지를 가만히 몇 번이고 반복해서 보다가 결심했다. 내 휴대폰은 멀쩡하다. 아빠의 마음을 전달받기에 충분하니까.

　인터넷으로 가족사진 촬영 스튜디오를 검색했다. 동네 근방에서 제일 잘 찍어 주는 곳을 찾겠다고 이곳저곳 살폈다. 이달 말일이면 내 첫 알바비로 가족사진을 찍을 수 있을 것이다. 새로운 가족사진 안에서 아빠가 그 옛날의 나처럼 이를 드러내고 활짝 웃었으면 좋겠다.

스윗, 마이 스윗 가든

도환과 태형, 그리고 상추 할머니

편도선염이 오는지 목이 따가웠다. 아침부터 목 상태가 심상치 않았는데 약 먹기 귀찮아서 그냥 나온 것이 문제였다. 여름 감기는 멍멍이도 안 걸린다는데 이상하게도 나는 꼭 여름이면 편도선염을 앓았다. 의사 선생님 말로는 면역력이 약해져서 그렇다는데, 매년 이렇다면 나는 내 면역력에 실망이 크다.

엄마한테 아프다고 징징거려 봤자 학원 가기 싫어서 꾀병이냐고 잔소리할 것이 뻔했다. 차라리 아프고 말지. 잔소리는 정말이지 내 체질에 아니다.

"이도환! 나도, 나도!"

윤태형이 잽싸게 내 뒤에 올라탔다.

"이거 일 인승이야. 너 태우면 범법자 되는 거라고."

"다들 이렇게 타. 넌 친구 태우고 강남 간다도 몰라?"

킥보드 시대가 도래했다. '제 발로 걸어 다니는 학생은 학생이 아니다'라는 말이 돌 정도다. 아이들은 바쁜 현대사회에 적응하기 위해 전동 킥보드에 몸을 싣고 학원으로, 독서실로, 편의점으로 이동했다.

"어디 가냐?"

윤태형이 내 등 뒤에 매미처럼 매달렸다. 떨쳐 내려고 몸부림을 쳤지만 녀석은 꿈쩍도 하지 않고 오히려 더 들러붙었다.

"병원."

급식을 제대로 먹지 못할 정도로 목이 부었다. 오늘은 수요 특선이라고 불리는 짜장밥에 탕수육, 튀김 만두였는데 침도 못 삼켰다. 튀김 만두의 기름 냄새를 참을 수가 없어서 한 입 먹었다가 바삭한 튀김옷에 목구멍이 찔려 눈물이 찔끔 나왔다.

"병원엔 왜?"

"목이 아파서 침 삼키기가 힘들어."

그제야 걱정이 되는지 윤태형이 킥보드에서 내려 내 얼굴을 살폈다. 그러더니 내 턱을 들어 올리고는 "아~ 해 봐."라고 야단이었다. 내가 꿈쩍도 하지 않고 뒤돌아서자 녀석이 다시 얼른 내 등 뒤에 매달렸다.

"죽을병 아니냐?"

"야, 내려."

윤태형에게 경고했지만 녀석은 내 허리를 끌어안더니 장난스럽게 외쳤다.

"이도환, 아프지 마아! 병원으로 출발!"

골목을 누비며 달리는 기분이 평소라면 상쾌했겠지만 오늘은 매서웠다. 몸이 으슬으슬한 것이 재채기까지 연거푸 나왔다.

"아, 침 나오려고 해."

입가에 침이 비질비질 흘러나왔다. 침을 삼킬 수도 없을 정도로 목이 심하게 부었다.

"그냥 뱉어."

"교양없…… 스읍."

침이 입가에 주룩 흘렀다. 엄마는 공중도덕을 지키지 않는 것을 병적으로 싫어했다. 초등학교에 들어가면서 엄마가 내 귀에 딱지가 앉도록 말했던 말이 바로 '길에 쓰레기 함부로 버리지 마라', '아무 곳에나 낙서하지 마라', '아무 데서나 침 뱉지 마라'였다.

"지금이야, 뱉어!"

골목 끝자락 공터에 다다르자 윤태형이 외쳤다. 공터는 주말농장으로 운영되는 텃밭이 펼쳐진 곳이라 인적도 드물었다.

그래. 내 침이 거름이지.

퉷!

"이놈의 자식들! 거기 안 서냐?"

아무도 없어야 할 공터에서 갑자기 할머니 한 분이 나타났다. 타이밍 절묘하게 내가 뱉은 침이 포물선을 그리더니 그림같이 날아서 할머니 발치에 떨어졌다. 고의가 아니었다. 실수였다. 하지만 침은 야속하게도 브레이크가 없었다. 한번 입 밖으로 튀어 나간 침은 주워 담을 수도 없었다.

하는 수 없지, 도망치는 수밖에.

파란 하늘 위로 공이 날아갔다. 공은 부드러운 곡선을 그리며 우아하게 날아가 땅에 떨어졌다. 체육 선생님이 "*나이스! 아주 좋아!*"라며 옆 반 정보미를 향해 박수를 치고 엄지손가락을 들어 보였다. 나는 나무 그늘에 주저앉아 눈을 감았다. 목감기는 여전히 나를 괴롭혔고, 눈을 감으면 포물선을 그리며 날아가는 내 침이 떠오르고, 침이 떨어지는 지점에 "이놈의 자식들!" 하고 소리치는 할머니의 모습이 희미하게 나타났다. 도둑이 제 발 저린다고 그날 이후로 킥보드도 못 탔고 길을 가다 할머니만 보여도 그 할머니인 것 같아서 슬금슬금 눈치를 봤다.

아무리 당황했어도 도주를 선택한 것이 잘못이었다.

"이도환, 잊어. 그 할머니도 금방 까먹으실 거야."

축구를 하던 윤태형이 옐로카드를 받고 내 곁으로 다가왔다.

"야! 너 같으면 잊겠냐? 하마터면 할머니가 내 침에 맞을 뻔했다고."

나는 할머니의 표정을 잊을 수 없었다. 머릿속에 경악한 할머니의 주름진 얼굴, 그리고…… 어라? 왜 할머니의 인상착의가 선명하게 떠오르지 않는 것일까?

"와, 진짜 돌겠네."

"왜 또?"

"할머니 얼굴이…… 기억 안 나."

윤태형이 내 등짝에 사정없이 스매싱을 날렸다. 스치듯 스쳐 지나갔던 터라 할머니의 모습이 희미하기만 했다.

사과하지 않으면 다리를 뻗고 잠을 못 잘 것 같다는 내 말에 윤태형은 중증이라며 내 이마를 짚었다. 목감기가 아니라 별일 아닌 일에 집착이 심하다며 결벽증이라고 놀리듯 말했다. 하지만 난 도덕적 결벽이 심하다고 해도 잘못한 것은 잘못한 것이니까 할머니한테 사과하고 싶었다. 어떻게 보면 난 이기적인 사람이다. 내 마음이 불편한 게 싫어서 할머니를 만나고 싶은 거니까.

"뭘 고민해. 이 동네 일대의 할머니들을 잘 살펴보고 접근해. 그럼 되잖아."

윤태형의 한 마디에 마음이 조금 홀가분해졌다.

"나이스, 정보미!"

또다시 운동장 한쪽에서 공이 하늘을 갈랐다. 공을 던진 정보미가 공이 떨어진 곳을 한동안 주시하더니 미련 없이 뒤돌아서서 가 버렸다.

텃밭 근처를 어물거리다 보면 그 할머니를 만날 수 있을 것이라 확신했다. 그런데 내 예상과 달리 동네에 할머니들이 많았다. 그리고 할머니들은 무서울 정도로 비슷한 머리 모양에, 비슷한 패션 감각을 지니고 있었다. 마치 교복을 입은 아이들처럼 말이다. 텃밭에 출입하는 할머니들 사이에 복장이나 두발 규정이 있는 것도 아닐 텐데, 할머니들은 하나같이 똑같은 모습을 하고 있었다. 이로써 나는 뜻하지 않은 실수 덕분에 뜻하지 않은 추적을 시작하게 되었다.

파마 머리에…… 귀가 보였던가? 그 정도로 짧은 것 같지는 않은데……. 아놔, 돌겠네. 발을 살펴볼까? 잠깐만 운동화였나? 슬립온 같기도 하고……. 설마…… 슬리퍼였나?

이놈의 뇌는 영어 단어와 수학 공식에만 길들여져서 도대체 사람을 기억하는 능력은 최하, 최악의 수준이었다. 이렇게 되면 방법이 없다. 무조건 들이대는 수밖에. 전투에 나가기 전 하늘에 제사를 올리는 병사의 심정으로 고개를 들고 하늘을 보며 코와 입으로 크게 숨을 들이마셨다. 폐에 가득 차오르고 가슴이 부풀어 오를 때까지 공기를 꾸

역꾸역 몸 안으로 채워 넣었다. 마치 없는 용기를 몸 안에 채워 넣으려는 것처럼 말이다.

꽃무늬 챙모자를 쓴 할머니가 골목에 들어섰다.

"할머니이! 진짜 진짜 죄송해요!"

"아이구머니나! 거기서 튀어나오면 우째. 심장 떨어질 뻔했잖아!"

전봇대 옆에 비껴 있던 나를 미처 발견하지 못한 할머니가 가슴을 부여잡고 눈을 흘겼다. 나는 진짜 죄송한 마음에 고개를 숙였다. 나는 할머니가 내 얼굴을 잘 볼 수 있도록 살갑게 다가갔다.

"할머니는 여기 텃밭 안 가꾸세요?"

"난 힘들어서 안 하지. 양 무릎이 고장 나서 걷기도 힘든데 무슨."

꽃무늬 모자 할머니는 내게 지팡이를 흔들어 보였다.

땡! 그날, 그 할머니는 지팡이는커녕 킥보드 타고 도망치는 내 뒤를 몇 미터나 추격했지. 이 할머니는 패스!

텃밭 입구에 앉아 궁리를 해 봤지만 뾰족한 수가 떠오르지 않았다. 지성이면 감천이라고 했건만 그 말은 다 뻥이었다. 급기야 나는 내 성격을 비관하기 시작했다.

아, 진짜 난 왜 이렇게 소심할까? 아니지, 소심하면 사과하러 올 생각을 안 했겠지. 그럼 예민한 건가? 마음에 찜찜한 것을 못 참는 게 문제인가? 아니다. 왜 침을 삼키지 못하고 뱉어서는……. 으이구, 내 편도선이 원인 제공의 시작이네.

하다못해 이제는 사라져 버린 편도선을 탓하기에 이르렀다. 언제까지 텃밭에 허수아비처럼 서서 시간 낭비를 하고 있을 순 없었다. 돌부리에 괜한 화풀이를 했다. 돌부리를 있는 힘껏 걷어차고 모든 것을 깨끗이 잊기로 결심했다.

"으악!"

돌부리는 견고했고 내 발가락은 연약하기 짝이 없었다.

"그래 갖고 발이 부서지나?"

고추를 심은 밭이랑 사이로 웬 할머니가 고개를 내밀었다. 할머니가 "에구구." 하는 신음 소리를 내며 자리에서 일어났다. 할머니 엉덩이에 밭일 의자가 매달려 있었다.

"발은 괜찮고? 어디, 피 났나 보자."

돌부리를 걱정하는 말을 한 게 무색할 정도로 할머니는 다정하게 내 발의 안위를 걱정했다. 그러더니 발과 아무

상관없는 누룽지맛 사탕을 건넸다.

"달달한 거 먹으면 발 아픈 거 금세 까먹어. 어여 먹어."

"감사합니다."

누룽지 사탕은 할머니 말대로 달았고, 내 마음은 할머니의 친절에 감동해서 구수해졌다.

"할머니, 제가 좀 도와드릴까요?"

고춧대를 장대에 끈으로 묶는 할머니의 손놀림이 불편해 보여 사탕값을 하기로 했다. 할머니는 손가락 관절이 다 된 것 같다고 푸념을 늘어놓았고, 밭일을 안 하면 되지 않느냐는 내 말에 코웃음을 치더니 단호하게 말했다.

"놀면 뭣 해? 돈 벌어야지. 움직일 수 있으면 사람은 그저 부지런히 일해야 해. 돈도 벌고. 그래야 사람 노릇을 하지."

할머니가 쓰러진 고추 줄기를 일으키면 나는 노끈으로 고춧대를 장대에 단단히 묶었다. 처음 만난 사이인데 팀워크가 나쁘지 않았다.

"이름이 이도환이라고 했나? 도환이는 엄청 잘 자랐구먼. 가정 교육이 만점이야. 며칠 전에 그 뭣이냐. 씽씽이 타고 침 뱉고 도망간 놈들도 우리 도환이처럼 커야 쓰는데. 그치?"

 붙잡고 있던 노끈을 놓치고 말았다. 덩달아 할머니한테 사과할 타이밍도 놓치고 말았다. 나를 칭찬하며 애정의 눈빛을 쏘아 대는 할머니 때문에 나는 꽁꽁 얼어 버렸다.

 할머니, 제가 그놈이에요.

 고백하지 못했다. 쓰러진 고춧대를 다 일으켜 세울 때까지 나는 텃밭에서 땀을 잔뜩 흘렸다. 티셔츠를 흠뻑 적신 땀이 고추 때문인지, 고백하지 못한 죄책감 때문인지 헷갈렸다.

 속죄하는 마음으로 할머니의 텃밭에 간다고 하자 윤태 형이 콧방귀를 뀌었다.

 "그래서? 거기 또 간다고? 야, 이도환! 네가 홍길동이냐? 왜 말을 못 해. '내가 범인이다. 내가 그 침의 소유주다!' 말을 하라고."

 윤태 형한테 말하는 게 실수였다.

 "네가 나였어도 절대 고백 못 했을걸? 할머니가 얼마나…… 하아…… 나를……. 말도 마. 암튼 난 가야 돼. 그냥 할머니 일을 돕는 게 사과하는 거야. 할머니 혼자 일하

시기에 밭일 양도 너무 많고."

물론 나도 안다. 앞으로 계속 텃밭에 갈 수는 없을 것이다. 그러나 적어도 내 마음이 편해지고 할머니께 사실을 고백할 용기가 생길 때까지는 가끔이라도 돕고 싶었다.

"침 하나가 불러온 결과가 어마무시하구먼. 좋아! 내가 같이 가서 할머니께 널 혼내 주라고 말하지."

녀석이 장난스레 날 약 올렸다.

오늘은 할머니가 상추를 수확한다고 했는데……. 윤태형을 데려가면 일손이 늘어서 좋을 것이다. 게다가 진짜 윤태형이 나 대신 할머니한테 그날의 사건을 말해 준다면 후딱 죄송하다고 인사를 드려야지.

"나만 믿어, 이도환. 가자!"

큰 소리 치는 윤태형의 등이 오늘따라 넓어 보였다. 텃밭에 가서도 큰 소리를 칠 수 있을지는 두고 봐야지.

텃밭까지 얼마 되지 않는 거리를 윤태형은 전동 킥보드를 타고 가자고 우겼다. 걸어가자는 내 말에 윤태형이 눈을 가늘게 뜨더니 나를 빤히 쳐다보았다.

"도환이 너, 텃밭에서 평생 살고 싶은 거야? 범인이라고 자백을 못 하겠으면 할머니한테 힌트를 드려야지. 이걸 타고 가 봐. 할머니가 그날을 딱, 떠올리시겠지? 그럼 그 자리에서 널 내쫓고 끝!"

그럴싸한 논리였다. 킥보드를 타고 텃밭이 가까워질수록 심장이 빠르게 뛰었다.

"할머니 어디에 계서? 야야, 아직 내리지 마. 킥보드 타고 있는 우리를 그 할머니가 봐야지."

등 뒤에 매달린 윤태형이 내 귓가에서 속삭였다.

"정말 그렇게까지 해야 될까?"

한 깍지 안의 완두콩처럼 앞뒤로 붙어 서서 부동자세로 꼼짝도 하지 않았다. 지나가는 행인이 봤다면 '쟤들은 뭐 하는 애들인가?' 싶었을 것이다. 그때 우리 그림자 뒤로 또 다른 그림자가 나타났다.

"언제까지 그러고 있을 거야?"

"으헥!"

할머니였다. 놀란 나머지 우리는 엉덩방아를 찧었다. 허술한 우리 둘을 보며 할머니가 혀를 찼다. 그러면서도 다친 곳이 없는지 살폈다.

"날이 더워서 상추랑 깻잎이 물러졌어. 얼른 따서 갖다 줄 데가 있어."

할머니의 당당한 요구에 윤태형이 가자미 눈을 뜨고 내게 속삭였다.

"히야, 할머니가 너무 대놓고 일을 부려 먹으신다. 너, 그만 미안해해도 되겠어."

"야. 다 들려. 귀가 엄청 밝으셔. A.I를 능가해."

상추밭으로 자리 잡고 앉은 할머니가 우리를 보고 서두르라고 성화였다.

"부지런 좀 떨어 줘. 다 끝내고 나면 내가 기가 막힌 곳에 데려간다."

땡볕 아래에서 상추와 실랑이를 벌이던 윤태형은 급기야 상추를 수확한다기보다는 잡아 뜯는다고 해야 옳을 정도로 마구잡이로 상추를 뽑아 댔다. 윤태형이 하는 모양새를 지켜보고 할머니는 으름장을 놓았다.

"그렇게 쥐어뜯어서 상추가 항복이라도 할까 봐? 상품 가치 떨어뜨렸다가는 손해 배상 물릴 거다. 살살 달래 가며 뜯어."

양념갈비 냄새가 진동을 했다. '극락 원조 갈비', 가게 이름 한번 기막히게 잘 지었다. 양념갈비를 배 터지게 먹으면 극락, 천국이 따로 없겠다. 땀 흘리며 일한 탓인지 유난히 배가 고팠다.

"얘들 저녁 좀 먹이게 양념갈비 좀 내와라. 상추값은 그걸로 치르자."

할머니의 플렉스에 윤태형과 나는 놀라서 입을 다물지 못했다. 상추와 깻잎 수확에 동참한 대가로 할머니는 우리에게 갈비를 양껏 먹으라고 했다. 텃밭의 상추는 할머니의 수입원이었다. 할머니는 아들이 운영하는 '극락 원조 갈비'에 상추며 야채를 대고 있었다.

우리 앞에 나온 상차림이 다른 손님 상과는 비교가 안 될 만큼 푸짐했다. 할머니가 치른 상추값으로는 어림도 없는 상이었다.

"그동안 고생했어. 많이 먹어들."

정작 할머니는 청국장에 밥을 말아 먹었다. 나는 슬그머니 할머니의 앞접시에 잘 익은 양념갈비 한 점을 올려두었다. 할머니는 나를 보는 대신 앞접시 위의 양념갈비를 가만히 보더니 입가에 주름이 잡히도록 웃기만 했다. 양념갈비가 불판에서 익어 가는 사이, 윤태형이 할머니에게 물었다.

"할머니. 도환이가 왜 밭일을 할까요?"

윤태형이 슬슬 시동을 걸었다. 테이블 아래로 녀석의 발을 꾹 밟았다. 이런 식으로 들통나고 싶지 않았다. 할머니는 우리를 보고 웃었다. 그러더니 한다는 말이 내 가슴을 철렁 내려앉게 만들었다.

"도환이는 좋은 아이지. 내가 건넨 누룽지 사탕 하나에 고마워할 줄 알고, 밭일도 선뜻 돕겠다고 했거든."

할머니가 내 속내를 알게 된다면 온갖 정나미가 떨어질 게 뻔했다. 나는 애꿎은 쌈장만 찍어 먹었다.

"도환이…… 누룽지 사탕 안 좋아하는데. 얜, 단 거라면 질색하는 애거든요."

"그으래? 그럼 도환이가 날 왜 도와줬을까나? 그러고 보니 궁금하네."

호기심이 사람을 죽인다고도 하는데 그 말이 딱 내 상황이었다. 할머니와 눈이 마주쳤다. 주름이 가득한 눈이 한없이 따뜻하게 느껴진 것은 내 착각이었을까? 고의였든, 실수였든 잘못은 잘못이다. 잘못을 해 놓고 피해자도 모르는 선행을 대신 한다고 해서 그것이 온전한 선행이 될 수는 없을 것이다.

"죄송해요! 정말 죄송해요, 할머니."

악을 쓰다시피 튀어나온 말에 윤태형이 젓가락을 놓쳤다. 녀석의 눈이 튀어나올 듯 휘둥그레졌다. 반면에 할머니가 큰 소리로 웃으며 상추 한 장을 바구니에서 꺼내 들고는 내 눈앞에서 흔들었다.

"이번만 용서해 준다. 네가 봐도 상추를 이렇게 엉망으로 뜯어 놓고 갈비를 얻어 먹기는 미안하지? 그럼 됐다. 다 괜찮아."

갈비 양념이 불에 타는데도 달달한 냄새만 풍겼다. 그리고 태양이 내리쬐던 할머니의 텃밭이 불판 위에 펼쳐졌다.

괴력의 정보미

정보미

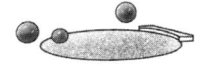

"우리 친구는 꿈이 뭐니?"

갑작스러운 공격에 방어할 타이밍을 놓쳤다. 한의원에서 침을 맞다가 말고 기습적으로 듣기에 예상 가능한 질문은 아니었다.

세상이 꿈을 가진 사람만 살아가는 곳도 아닌데 어른들은 할 말이 없으면 꼭 꿈이 뭐냐고 묻는다.

"글쎄요…… 아직 생각 안 해 봤는데…….."

꿈이 없는 게 잘못은 아닌데 나도 모르게 움츠러들었다. 어릴 때부터 명절이면 오랜만에 만난 집안 어른들이 습관처럼 물었던 "넌 꿈이 뭐니?"에 단 한 번도 똑똑하게 대답하지 못했다는 사실이 떠올라 나는 더 위축됐다. 솔직히 나는 뭐가 되고 싶다는 생각을 하면서 산 적이 없다. 꿈을 고민해야 할 필요도 못 느꼈다. 그냥 하루하루 주어진 일을 하나씩 해치우면서 살면 안 되나?

한의사 선생님이 손가락을 시작으로 전신에 침을 놓았다.

"생각하고 말고 할 게 뭐가 있나? 나는 이다음에 뭐가 되겠다, 딱 마음을 먹고 공부를 해야지. 그래야 목적의식이 확실해서 공부도 잘되는 거고, 안 그래?"

한의사 선생님이 마지막으로 엄지발가락 끝에 침을 놓았다. 뼈가 툭 튀어나온 부분이라서 그런지 다른 부위보다 아팠다. 비명이라도 지르면 고통이 조금 상쇄될 것 같기도 했지만 입술을 깨물며 참았다. 꿈도 없는데 이깟 침도 못 맞는 애라고 혹시나 나를 비논리적으로 단정 지을까 봐 신경 쓰였다.

"언제까지 누워 있어야 돼요?"

"내가 그마안, 할 때까지. 하하하."

하나도 우습지 않은데 한의사 선생님은 자신이 건넨 농

담에 흡족한 눈치였다. 고슴도치마냥 온몸에 침을 맞고 누워서 후회했다.

"으이씨, 떡볶이 먹지 말걸."

떡볶이가 웬수였다. 떡볶이 먹고 급체하지만 않았다면 한의원에 내 발로 오는 일은 절대 없었을 거였다. 고개를 살짝 들어 발끝을 내려다보았다. 대침이 꽂힌 엄지발가락을 살짝 움직여 봤다.

즉석 떡볶이는 박윤지와의 마지막 만찬이랄까. 당분간이라고 했지만 아이돌 연습생이 된 윤지가 언제 자유롭게 나와 만나 즉석 떡볶이를 먹으러 갈 수 있을지는 귀신도 모를 일이다. 박윤지는 초등학교 1학년 때부터 꿈이 한결같았다. 아이돌이 되는 자신의 미래를 상상하면서 하루하루를 열심히 살았다. 어디 그뿐인가? 시험공부도 유난스럽게 했다.

"아이돌이 된다며, 무슨 책을 씹어 먹을 기세로 공부를 하냐?"

"정보미, 모르는 소리 마라. 내가 아이돌 돼서 학교 생기부라도 떼어 보는 예능에 나갔다고 상상해 봐. 성적이 바닥이면 그것만큼 모양 빠지는 일이 어딨니?"

 박윤지는 치밀했다. 그래서 난 나와 다른 박윤지가 자랑스럽고 좋았다. 그렇게 좋아하는 즉석 떡볶이를 앞에 두고 박윤지는 눈물을 글썽이느라 평소보다 못 먹었다. 오히려 윤지의 모습에 마음이 불편해서 그다지 좋아하지도 않는 떡볶이를 내가 다 흡입하다시피 했다. 박윤지도 알았다. 내가 떡볶이를 좋아하는 애가 아니라는 걸 말이다. 내가 즉석 떡볶이집에 오는 건 박윤지 때문이었다. 둘이 함께 수다를 떠는 이 시간이 좋았을 뿐이니까.

 "보미야. 즉석 떡볶이는 나랑만 먹어야 해."

 "알겠어."

 "약속해."

 나는 박윤지에게 새끼손가락을 걸었다. 이기적인 애라고 대놓고 흉까지 봤는데 박윤지는 날 끌어안으면서 새로운 목표를, 꿈을 말했다.

 "반드시 데뷔해서 최고의 아이돌이 될 거야. 콘서트 맨 앞자리에는 보미, 널 초대할게."

 역시나 박윤지는 제 앞가림을 확실히 하는 계획형 인간이었다. 기특해서 윤지의 어깨를 두드려 주었다. 윤지가 나에게 물었다. 자신이 데뷔하는 꿈을 향해 달릴 때까지 나는 무엇을 하고 있을 거냐고.

"난…… 건강하게 누워 있을까?"

실없는 농담에 윤지가 깔깔깔 소리 내어 웃었다. 아무리 세월이 흘러도 박윤지 특유의 깔깔깔 웃음소리는 변하지 않겠지.

건강하게 누워 있겠다는 약속은 그날로 깨졌다. 한의원에서 비실대며 집으로 돌아오자마자 엄마가 따끈한 매실차를 건넸다.

"한여름인데 무슨 매실차야. 얼음이라도 넣어 주던가."

엄마가 내 등짝을 찰싹 때렸다.

"아얏! 나 방금 침 맞고 온 사람이야."

"친구 따라 강남 간다는데 넌 윤지랑 같이 못 가겠으면 살이라도 빼. 윤지는 자기 관리 착착하더니 아이돌 연습생도 되고, 꿈을 향해 나아가는데! 우리 정보미는 누워서 뒹굴거리다가 체하기나 하고."

엄마의 잔소리를 들을 때면 엄마의 폐활량이 남보다 월등하다는 것을 깨닫곤 한다. 래퍼를 해도 될 것이다.

"너, 일주일에 한 번씩 한의원에 가. 엄마가 원장님이랑 상담 끝내 놓고 진료비도 냈어."

"체한 것 갖고 무슨 한의원을 계속 다녀?"

"가라면 가. 너 아무래도 과체중이야. 한방 다이어트를 시작할 거야. 살이 찌면 병만 생기고 면역력도 떨어져."

"엄마!"

"왜! 살도 빼고 건강도 챙기고, 뭐가 될지 궁리도 좀 하고! 제발 꿈을 갖고 살아."

진짜 실망이다. 날 낳아 준 엄마마저 내 마음을 이렇게도 모르다니! 나도 나름대로 계획이 있다. 하루하루 평범하게 사는 것, 지금은 없지만 하루하루 살다 보면 내게도 꿈이 생길 것이고 하고 싶은 일이 나타날 것이다. 나도 나 스스로를 믿는데 왜 주위에서 내 꿈을 갖고 난리인지 알 길이 없다.

"엄마는 나 못 믿어?"

나는 화가 났다는 표시로 남은 매실차를 단숨에 들이켰다. 그리고 소리 나게 방문을 쾅 닫았다. 방문에 등을 대고 기대서 방 안을 천천히 둘러봤다. 그냥 나처럼 평범한 방이었다. 책상, 책장, 침대가 있는 방. 나는 침대 위로 몸을 날렸다. 몸이 매트리스 반동으로 튕겨 올랐다가 가라앉았다. 손으로 침대를 쓰다듬었다.

"오늘도 내 무게를 감당해 줘서 땡큐."

엄마가 이불을 새로 빨아 줬는지 꽃향기가 났다. 나는 코를 킁킁거리며 눈을 감았다.

손에 감기는 고무공 느낌이 귀여웠다. 말랑거리는 감촉이 날 자꾸만 실없이 웃게 만들었다. 호루라기 소리에 맞춰 최대한 멀리 던지라는 체육 선생님의 말에 고무공을 꽉 쥐었다 놓았다.

삐빅!

호루라기 소리가 하늘을 갈랐다. 일렬로 섰던 아이들이 고무공을 던졌다.

멀리 가, 공아! 체육이 보고 있어.

나는 고무공을 있는 힘껏 하늘로 날려 보냈다. 고무공이 멀리 날아간다면 체육 선생님이 날 돌아봐 줄 가능성은 월등히 높아질 게 분명했다. 고무공이 진짜 멀리 날아가서 서울 구경이라도 하고 왔으면 좋겠다.

입학식 때부터 지금껏 나는 체육 선생님을 좋아했다.

문제는 체육 선생님을 좋아하는 경쟁자가 너무 많다는 점이었다. 그래서 평소 질색하던 달리기도 죽어라 뛰었고, 용트림을 하듯 몸을 비틀어 가며 윗몸 일으키기도 악착같이 해냈다. 그러나 내 운동 신경은 단 한 번도 체육 선생님이 날 돌아보게 만들지 못하는, 하찮은 것이어서 아쉬웠다.

"나이스! 아주 좋아!"

체육 선생님이 만족스럽게 엄지손가락을 들어 보였다.

"오오! 괴력의 정보미!"

다음 순번을 기다리고 있던 아이들이 등 뒤에서 환호성을 질렀다. 내가 던진 고무공이 가장 멀리 날아갔다. 남자애들이 로봇 팔 아니냐며 놀려 댔다.

"정보미 힘의 원천은…… 듬직한 어깨?"

주먹이 울었다.

"좋은 말로 할 때 조용히 하자."

점잖게 남자애들을 타일렀다. 체육 선생님 앞에서 교양 없이 꽥꽥댈 수는 없는 노릇이니까. 짓궂은 남자애들 몇몇이 계속 놀려 대자 부반장 차은준이 운동화 한 짝을 벗어 남자애들 무리로 냅다 던졌다.

"그만 놀려. 유치하게시리."

하루에 세 마디 이상 하는 것을 보기 힘들 정도로 과묵한 차은준이 내 편을 들어 줬다. 남자애들은 물론 여자애들까지 눈을 동그랗게 뜨고 우리를 번갈아 봤다.

"너희, 설마…… 사귀는 거 아니지?"

참는 것도 한계가 있는 법이다.

"이야아아아!"

바닥에 떨어진 차은준의 운동화 한 짝을 다시 집어 들고 허튼소리를 하는 짓궂은 녀석을 향해 무서운 기세로 던졌다. 고무공보다 무겁고 견고한 차은준의 운동화가 바람을 가르며 하늘을 날았다.

삐빅! 호루라기가 다시 울렸다.

"그만! 거기, 뭐 하는 거야?"

체육 선생님이 우리의 소동을 지켜본 모양이었다. 목이 한껏 움츠러들었다. 짝사랑 고백은커녕 좋아하는 걸 티도 못 냈는데 체육 선생님한테 제대로 찍히게 생겼다.

"야, 목 빼고 어깨 펴. 네가 잘못한 것도 없는데."

차은준이 원래 이렇게 착한 애였나?

나도 모르게 차은준 말에 고개까지 끄덕이며 고분고분

말을 들었다. 목을 과장되게 한껏 빼자 체육 선생님이 날 보고 말했다.

"보미야, 수업 끝나고 잠깐 선생님 좀 볼래?"

하마터면 심장이 입 밖으로 튀어나올 뻔했다. 체육 선생님이 날 보고 '정보미'도 아니고 성을 빼고 그냥 '보미야'라고 불렀다. 내 이름이 사랑스럽게 느껴지기는 태어나서 처음이다.

체육 선생님이 건넨 비타민 음료를 손에 꼭 쥐고 내게 건넬 말을 기다렸다. "뚜껑 따 줄까?"라고 묻는 선생님의 배려에 "나중에요."라고 작게 말했다. 목이 말랐지만 참을 수 있었다.

"오늘 보니까 보미는 자세와 체격이 남다르더라."

내가 예상했던 멘트는 아니었다. 갑자기 머릿속이 복잡해졌다.

자세는 그렇다치지만 체격? 체격이 남다르다는 건 무슨 뜻이지?

교무실 벽에 걸린 전신 거울에 슬쩍 눈길을 주었다. 거울 속에 그냥 내가 있었다. 박윤지만큼 날씬하지 않아도 사는 데 지장이 없었다. 엄마는 한의원 선생님한테 비만 치료를 상담했다고 했지만, 난 그저 다소 뚱뚱할 뿐이지 심각한 비만은 아니다.

"보미야, 투포환 해 보지 않을래?"

내 다리를 두고 한강대교 같다느니, 어깨가 듬직하다느니, 남자애들이 아무리 놀려도 눈 하나 깜짝하지 않았건만 투포환은…… 좀 심했다. 선생님이 별다른 말을 하지도 않았는데 괜히 눈물이 나려고 했다. 내 침묵을 다른 의미로 해석했는지 체육 선생님은 더욱 다정한 목소리로 물었다.

"정보미, 혹시 다른 꿈이 있니? 그런 거야?"

나는 따져 묻고 싶었다. 다른 꿈이 있으면 투포환을 거절해도 되느냐고 말이다. 솔직히 나도 내 마음을 모르겠다. 내 외모에 자신감을 가질 것도 없는 삶을 살다가 갑자기 투포환이란 단어 하나로 나 자신에게 실망감이 드는 이유는 뭘까?

"아직…… 없어요."

실수했다. 못 찾았다고 했어야 하는 게 옳은 표현이겠다는 생각이 들었지만 늦었다.

"보미야. 선생님이 간만에 진짜 보배를 찾아서 그래. 투포환 하기에 딱 좋은 조건이야, 넌. 내가 있는 힘껏 도와줄게. 우리 한번 해 보자, 정보미."

체육 선생님과 눈이 마주쳤다. 날 보고 웃고 있는 선생님 얼굴을 보고 있자니 '됐어요'란 소리가 꿀떡 목구멍으로 넘어갔다. 침 삼키는 소리가 내 귀에는 크게 들렸는데 체육 선생님은 아무것도 못 들었나 보다.

"파이팅, 정보미."

졸지에 투포환 연습생으로서 첫날을 맞이하게 되었다.

시금칫국이 진했다. 백합을 넣고 끓인 국물 맛이 깊었다. 하지만 오늘은 시금칫국보다 고기가 먹고 싶었다. 유달리 허기져서 학교에서 오자마자 핫도그를 전자레인지에 두 개나 돌려 먹었다. 그 모습을 본 엄마가 내 손에 들린 핫도그를 빼앗았다.

"어머, 얘 좀 봐! 정보미, 네가 돼지야? 밥 먹을 건데 핫도그를 왜 먹어?"

투포환이 이렇게 힘든 운동인지 몰랐다. 사실 그냥 공을 냅다 집어 던지기만 하면 되는 줄 알았다. 체육 선생님은 체력 훈련을 한답시고 운동장을 한없이 뛰게 만들더니 투포환 던지는 자세를 계속 쉼 없이 반복하게 했다. 게다가 근육 운동은 덤이었다. 내 꿈을 찾지 못한 대가가 이토록 혹독한 훈련이라니! 억울했다. 체육 선생님이 꿈이 있냐고 물었을 때 그냥 아무거나 말할 걸 후회했다. 선생님이 "첫날이니까 이 정도만 하자."라고 말했을 때, 쓰러지는 몸을 정신력으로 지탱했다.

가방 안에는 엄마한테 보여 주지 않은 체육 선생님의 편지가 있었다. 의외로 선생님은 아날로그 감성을 가진 사람이었다. 문자로 보내도 될 텐데 부모님께 드리라며 굳이 손 편지를 건넸다. 운동을 제대로 시작하려면 부모님 동의가 필요했고, 나름의 예의를 표현하는 선생님만의 방식인 것 같았다.

"엄마. 내가 운동선수 한다고 하면 어때?"

"김연아? 근데 넌 안 돼. 너 추운 거 싫어하잖아. 그리고 피겨는 늦었어."

"엄마는 왜 운동하면 김연아만 떠올려? 다른 운동도 있잖아."

"음…… 안세영? 배드민턴은 활동량이 많아서 살은 금방 빠지겠다."

엄마 머릿속에 투포환이란 종목은 저장되어 있지 않은 게 분명했다. 엄마는 온갖 유명 운동선수 명단을 내 앞에서 읊어 댔다.

"내가 투포환 한다면 어때? 투포환에 천부적인 재능이 있다면 말이야."

엄마가 식탁을 닦던 손을 멈추고 날 빤히 바라보았다.

"얘가 지금 뭐라는 거야? 투포환? 쇠로 만든 공을 던지는 거? 너, 그거 무게가 얼마인 줄 알고 떠드는 거야?"

나는 엄마한테 뺏긴 남은 핫도그에 눈길을 주며 대답했다.

"4킬로그램. 들 만해."

처음에 포환을 잡았을 때는 예상치 못한 무게에 조금 당황했다. 하지만 손에 감기는 묵직한 무게감이 나쁘지 않았다. 체육 시간에 던졌던 고무공과는 비교가 되지 않았지만 있는 힘을 다한다는 느낌이 괜찮았다. 살면서 이만큼 최선을 다해 힘을 쓴 적이 있었나 싶을 정도였으니까.

"그게 들 만한 무게인지 보미 네가 어떻게 알아!"

엄마의 반응을 보니 투포환 선수를 하겠다는 허락을 받기란 쉽지 않을 게 눈에 선했다.

"나, 해 봤어. 나보고 체격이며 자세며 딱 투포환 선수감이래."

우아하게 물을 마시던 엄마가 물을 뿜었다. 얼마나 당황했는지 식탁을 닦았던 행주로 입을 닦더니 나를 향해 소리를 빽 질렀다.

"누가 그래? 너보고 투포환 선수감이라고! 그러게 엄마가 너 진즉에 살 좀 빼라고 했지? 맨날 뒹굴뒹굴했을 때 알아봤다."

내가 다이어트해야 되는 것 아니냐고 굶거나 밥양을 줄이려고 하면 죽는다고, 성장기에는 두뇌에 좋지 않아서 안 된다고 만류하던 사람이 엄마였다. 그래 놓고서 살을 빼라고 난리라니! 앞뒤가 달라도 너무 달랐다.

"내 꿈이라면? 나도 드디어 꿈을 찾았다고 하면 허락할 거야?"

"정보미! 너, 그 쇠공 또다시 들기만 해 봐. 엄마가 경고했다."

엄마도 나처럼 투포환이란 종목에 선입견을 갖고 있는 게 틀림없었다. 엄마는 평범한 내가 하기에 투포환은 쉽지 않은 종목이라고 일장 연설을 했다. 훈련도 상상하는 것

이상으로 힘들 것이고 무엇보다 부상에 시달릴 수 있다며 겁을 줬다.

나는 궁금했다. 박윤지는 어떻게 자기 꿈을 찾았을까? 아이돌이 되고 싶은 게 단순히 선망의 대상이 아니라 자신의 꿈이라는 걸 어떻게 확신했을까? 꿈을 찾고 나서는 부모님한테 어떤 방법으로 허락을 받아 내고 응원을 받았을까? 박윤지가 그랬다. 아빠한테 허락받는 게 밤새 연습하는 것보다 훨씬 힘든 일이었다고.

꿈을 찾는 일이 이토록 힘든 일이었다니! 진짜 괴력이라도 발휘해야 하는 게 맞나 보다.

투포환의 꿈은 어깨가 빠지면서 막을 내렸다.

"괜찮아. 그 무거운 쇠공도 거뜬히 들었으니 우리 딸은 앞으로 뭘 꿈꾸든 해낼 거야. 다른 건 몰라도 엄마가 정보미 응원하는 건 대한민국 일등이야, 알지?"

쇠공과 함께 바닥으로 곤두박질친 내 첫 번째 꿈. 꿈을 잃은 나를 엄마는 비웃거나 무시하지 않았다. 처음 투포환을 반대했던 사람이라고는 믿기지 않을 만큼 엄마는 진지한 얼굴로 내 마음과 부상당한 내 어깨를 보듬어 주었다.

엄마의 손길이 한없이 다정했다. 어깨를 다친 것이 다행이라고 생각될 만큼이나.

평일 마감 시간 전인데도 한의원에는 환자가 많았다. 늦은 시간에 오면 대기 없이 진료를 받을 줄 알았는데 착각이었다. 구석에 앉아 순서를 기다렸다. 지루해서 테이블 옆에 놓인 이면지에 볼펜으로 그림을 그렸다. 나한테 불을 뿜는 엄마 얼굴, 체육 선생님 얼굴을 한 포환을 허공으로 내던지는 우람한 어깨의 내 모습, 그리고 배에 다이어트 침을 고슴도치처럼 잔뜩 꽂고 누워 있는 나까지.

기다리는 시간이 지루하지 않았다. 진료를 마치고 집에 돌아가면 엄마한테 이 그림을 보여 줘야지. 엄마가 뭐라고 말할지 궁금하기도 하고, 한편으로는 기대도 되었다.

"크큭, 크크크."

억지로 웃음을 참는 듯한 소리가 들렸다. 옆을 돌아보니 익숙한 얼굴이 보였다. 차은준이다. 멀쩡해 보였는데 얘도 환자였다니. 왜 웃냐고 한마디 하려는 타이밍에 차은준이 먼저 입을 열었다.

"정보미. 너, 웹툰 작가가 꿈이야?"

"웹툰?"

차은준이 내가 그린 낙서에 가까운 그림을 가리켰다.

"표정 봐. 완전 리얼해. 딱 봐도 무슨 심정인지 이해가 팍팍 간다."

귀가 팔랑거렸다.

웹툰 작가라고? 투포환에 이어 웹툰 작가까지 갑작스럽게 찾아오는 게 꿈이란 것일까?

"이런 칭찬 처음이다. 칭찬 맞지?"

"응. 정보미 넌 모르나 본데, 넌 항상 평화로워 보여. 호불호 없이 애들한테도 잘 대해 주고. 너처럼 살려면 진짜 괴력이 필요하겠지?"

차은준의 말은 딱히 내 대답을 요구하는 것 같지 않았다. 나란히 앉아서 순서를 기다리며 텔레비전을 봤다. 딱히 할 말도 없었다. 미주알고주알 서로의 신변을 나눌 만큼 친하지도 않았으니까. 그런데도 마음이 편했다.

"그러는 넌 꿈이 뭐야?"

내 질문에 차은준이 눈썹을 들썩이며 뭔가 골똘히 생각하는 눈치였다.

"흠…… 내 꿈이라……. 그냥 하루하루가 좀 조용히 지나가는 것?"

희한한 꿈이었다.

"의외로 매일 평범하게 조용히 사는 게 세상에서 제일 힘들어. 괴력이라도 갖고 있어야 하나?"

차은준이 독백하듯 말했다. 간호사 선생님이 내 이름을 불렀다.

괴력의 정보미!

환청이었을까?

아픈 어깨를 괜히 돌려 봤다. 비명이 날 만큼 아팠지만 아플 걸 알면서도 팔 돌리기를 시도한 내가 나다워서 웃음이 터져 나왔다.

나 이 스 캐 치 !

기준과 은준

평소보다 반찬이 과하게 많았다. 게다가 엄마는 만들기 번거롭다던 매운 등갈비찜에 잡채까지 했다. 고3을 코앞에 둔 형에게 이런 식으로도 부담감을 줄 수 있구나 싶었다.

"나, 학교 그만둘 거예요."

'그게 무슨 소리냐?' 혹은 '너, 돌았냐?' 같은 말이 튀어나와야 당연한 반응일 텐데 어찌 된 영문인지 식탁에 고요한 숨소리만 오갔다. 오랜만에 야근하지 않고 일찍 귀가한 아빠는 식사에만 열중했고, 엄마는 새로 된장국을 뜨느라 못

들었는지 대꾸조차 하지 않았다.

"학교 안 다녀요. 그만둘 거라고요."

"뻥!"

입을 연 사람은 나였다. 엄마가 젓가락을 떨어뜨렸고, 아빠는 이미 입에 넣은 등갈비를 천천히 씹었다. 아빠는 등갈비를 다 씹더니 곁에 있던 행주를 집어 입가에 묻은 양념을 닦았다.

"힘들어요. 못 버티겠어요."

듣다 듣다 이렇게 이상한 소리는 처음 듣겠다. 다른 사람도 아니고 형이 힘들어서 학교를 그만둘 거란 소리를 하다니! 성적이 바닥이라 쪽팔려서 힘들다는 것도 아니고 성적 때문에 무시당해서 못 버티겠다는 뜻도 아니다. 형은 우등생이었다. 중학교 때까지 남들이 흔히 말하는 전교권에서 놀았다. 고등학교에 입학하고 나서는 중학교 때처럼 최상위권 성적은 아니더라도 어쨌거나 여전히 우등생이었다.

"반대하셔도 전 자퇴할 거예요."

매운 등갈비찜에 평소보다 훨씬 많은 양의 청양고추를 썰어 넣었을 때 알아봤어야 했다. 우리 모두 형에게서 매운맛으로 한 방 먹을 것은 예견되어 있었다. 아빠가 형을 향해 악을 쓰거나 한 대 때리기라도 할 줄 알았는데, 형을 감정 하나 섞이지 않은 눈으로 보더니 밥그릇에 남은 밥을 싹싹 긁어 먹었다.

"차기준, 농담이지?"

드디어 엄마가 입을 열었다. 엄마는 두 손을 모으고 형만 바라보고 있었다.

"농담, 절대 아냐. 난…… 이제 틀렸어, 엄마."

숭늉을 천천히 마시던 아빠의 눈빛이 달라진 것은 그때였다. 밥그릇을 소리 나게 내려놓는 것으로 아빠는 자신의 불편한 심기를 거침없이 드러냈다.

"한심한 자식. 톱을 찍은 것도 아니면서, 뭐? 힘들어? 부모가 해 주는 밥 먹고, 부모 돈으로 공부하고 온갖 것 다 누리면서 뭐가 어째? 힘들어? 세상이 그럼 안 힘들 줄 알았냐?"

조마조마한 심정으로 지켜보던 나는 이 상황이 빨리 끝나기만을 기도했다. 평소 유신론자도 아니었는데 뜻밖에 내 기도는 엄청난 속도로 응답을 받았다.

형이 울었다. 아주 험한 소리를 내며 울었다. 그리고 상황이 종료되었다.

 형의 자퇴 선언 이후 천지개벽이라도 일어날 줄 알았는데 집은 폭풍 전야처럼 마냥 조용했다. 형은 예전과 동일한 시간에 일어났다. 습관이 무섭다고 자퇴를 선언해 놓고도 새벽같이 일어나 창밖을 하염없이 보았다. 동이 트는 것을 관찰이라도 하려는 듯이 멍한 눈으로 내가 보지 못하는 것을 보는 사람처럼 굴었다. 아빠는 다른 날과 변함없이 출근 준비를 했다. 달라진 것이 있다면 "일어났니?"라고 형에게 아침 인사 대신 건넸던 말을 입 밖으로 내지 않는 것으로 불편한 마음을 표현했다.
 "차기준, 어서 아침 먹어. 그러다 지각해."
 엄마는 어쩌면 저럴 수가 있을까?
 마치 아무 일도 없었다는 듯이 형의 아침 식사를 챙겼다. 형은 미적거렸고 나와 비슷한 시간에 등교했다. 내가 할 수 있는 일이라고는 사거리까지 형의 보폭에 맞춰 함께 등굣길을 걷는 것이 전부였다.
 초등학교 저학년 때는 맞벌이하는 엄마, 아빠를 대신해 형이 늘 나의 보호자가 돼 주었다. 비가 오나 눈이 오나 바람이 부나 내 손을 잡고 등굣길을 함께 걸었다. 엄마가 사 주지 않는 불량 식품이나 장난감을 몰래 사 준 것도 형이었다.

늘 나보다 컸던 형이 어느새 나와 키 차이도 별로 나지 않게 되었다. 내 보폭에 맞춰 걸어 주던 형인데, 나는 형의 보폭을 배려하지 않았다. 그저 지각하는 건 아닐까 노심초사하며 형을 재촉했다.

"그렇게 하루 종일 걸을 거면 나 먼저 갈게."

심통이 났다. 형이 꼴도 보기 싫었다. 늘 첫째라고 부모님의 관심사 중심에 있었으면서 자퇴 선언 같은 걸 해서 집안을 들쑤셔 놓은 게 마음에 들지 않았다. 내가 보기에 배부른 투정 같았.

길을 건너려고 신호를 기다리고 있는데 형은 넋이 나간 사람처럼 비칠대며 걸었다. 저 꼴로 가다간 지각이 확실했다. 나는 왔던 길을 되돌아가서 형 앞에 섰다.

"형, 그거 알아? 형은 진짜 이기적이야."

하고 싶은 말이 차고 넘쳤지만 참았다. 자퇴하겠다고 큰 소리 쳤으면 끝까지 침대에서 버티기라도 할 것이지 왜 남의 등굣길 기분까지 망치는지 모르겠다. 엄마의 배웅까지 받으면서 집을 나섰으면 지각이라도 하지 말든지!

신호가 바뀌고 길을 건넜다. 뒤를 돌아보지 않으려고 애써 거리의 간판을 하나하나 읊어 가며 걸음을 재촉했다. 은행 건물 왼쪽 골목으로 접어들면 학교다.

띠릭!

문자 메시지였다.

✉ 형은 학교에 갔지?

엄마다. 아무 일 없었던 것처럼 행동하고 이렇게 뒤로 내게 문자를 보내 형의 등굣길을 걱정하는 엄마의 태도에도 짜증이 났다.

✉ 형이 학교에 갔는지 내가 어떻……

가던 걸음을 멈추고 엄마한테 답장을 보내다 보니 화가 치밀었다. 다 큰 아들의 등굣길 걱정에 오전 내내, 어쩌면 오늘 하루 온종일 마음 졸이고 있을 엄마를 떠올리자 걱정과 분노가 단전에서부터 소용돌이쳤다.

형은 이런 엄마 마음을 헤아리기나 하고 폭탄선언을 한 것일까?

만일 알면서 그랬다면 진짜 쓰레기다.

엄마한테 답장은 보내지 않았다. 대신 뒤를 돌아보았다. 형이 가로수 그늘을 비껴 선 채 땡볕 아래에서 가만히 서 있었다. 보행 신호로 바뀐 지 한참이나 지났는데 형은 제자리에 그대로 선 채였다.

모의고사를 망친 건 당연지사다. 형이 모의고사를 보다 말고 집으로 왔단다. 학원에 갔다가 집에 오니 분위기가 엉망이었다. 나는 굳게 닫힌 형의 방문을 노려보았다.

"애가 아파서 그랬다잖아요."

정작 시험을 포기한 사람은 입을 다물고 엄마는 아빠의 눈치를 보며 형을 두둔했다.

"정신 상태가 틀러먹었으니, 원. 쯧쯧."

아빠가 혀를 찼다. 정신 상태도 건강의 척도이니 형은 엄마 말대로 아픈 게 맞다. 1교시 국어를 마치고부터 머리가 깨질 듯이 아팠다고 했다. 2교시 수학을 보는데 문제 하나가 도저히 안 풀렸고, 그 뒤로 기억나지 않는단다. 엄마는 넋두리 같은 형의 변명을 다 들어 주었다.

엄마는 아빠의 말은 들리지도 않는지 깡그리 무시하고 형의 방문에 붙어 서서 계속 형을 어르고 달랬다.

"스트레스가 많아서 그래. 엄마랑 병원에 가 보자. 방법이 있을 거야."

세상에 스트레스 없는 사람이 어디 있다고…… 지금 형이 우리 가족에게 주는 스트레스가 얼만데!

정말 뻔뻔하기 짝이 없는 변명이었다. 나는 엄마 팔을 잡아끌었다.

"놔둬, 엄마. 문도 안 여는데 뭐 하는 거예요?"

엄마가 내 팔을 홱 뿌리쳤다. 감정이 고스란히 느껴지는 엄마의 손길에 충격을 받았다. 정작 잘못한 사람이 누군데 나한테 화풀이를 하는 건지…….

"차은준, 너는 형이 걱정도 안 돼? 어쩜 이렇게 이기적이니?"

문제의 출발점이 어딘지 모르는 사람처럼 엄마는 나를 몰아세웠다. 울컥했다. 엄마는 까맣게 잊었나 보다. 나는 태어나서 지금까지 형의 그늘에 가려서 산 사람이다. 우등생 형 덕분에 늘 비교가 되었던 아이가 나였다. 순간적으로 형에 대한 원망이 점점 커졌다.

"그래요, 나 이기적이에요. 나도 곧 시험인데 엄마는 상관없잖아요? 난 형이 아니니까!"

방문을 소리 나게 쾅 닫았다. 그렇게라도 분풀이를 하지 않으면 가슴이 터질 것만큼 답답했다. 침대에 가방을 던져두고 바닥에 누웠다.

> 기준이는 받아쓰기도 늘 100점이었지.
> 형은 엄마가 말하지 않아도 알아서 숙제도 잘하고 심부름도 잘했어, 너도 형처럼 잘 커야 한다.

형은 엄마의 자랑이었다. 회사를 그만두고 전업주부가 되면서 엄마는 형의 탁월한 성적이 엄마의 업적이라도 되는 것처럼 굴 때도 있었다. 그런 엄마를 보며 아빠는 "누가 보면 당신이 시험 본 줄 알겠어."라며 놀려 댔지만, 아빠도 형이 자랑스럽기는 마찬가지였을 것이다. 나의 유년은 형을 향한 질투와 시기, 부러움으로 얼룩져 있었다. 아무리 발버둥 처도 나는 형을 능가하지 못했다. 오히려 현실을 직시하고 형을 인정하자 내 마음이 평화로워졌다.

"형, 졌어."

"응? 뭐가?"

"나는 아무리 노력해도 형처럼 공부를 못 하겠더라고."

내 고백에 형의 표정이 어땠는지 모르겠다. 같은 방에서 잠을 자던 시기였다. 잠들기 전 우리는 수다를 떨었다. 평소 과묵한 형이 유일하게 말이 많아지는 시간이었다.

"대신에 넌 야구를 잘하잖아."

형의 말이 날 위한 위로였는지 진심이었는지 아직도 진실을 모르겠다.

"나한테 야구를 가르쳐 준 사람이 형이잖아."

밤늦도록 시시콜콜한 이야기를 나눴던 기억이 났다. 나한테 자기 용돈을 아껴 첫 글러브를 사 준 사람도 형이었다.

맨바닥에서 몸을 일으켰다. 벽에 걸린 유일한 액자에 시선이 갔다. 형과 처음으로 야구장에 갔을 때 찍은 사진이었다. 사람들의 함성과 우리 등 뒤에서 열정적으로 응원 동작을 선보이는 치어리더들의 모습이 고스란히 느껴지는 사진이었다. 그날 경기는 4대 5로 우리가 응원하는 팀이 역전패를 당했다. 실망하는 나를 위로해 주던 형의 목소리가 환청처럼 울렸다.

"한 번 졌다고 완전히 끝난 거 아냐. 인생은 길어."

형의 말은 무조건 옳았다. 그때는 그랬다. 하지만 내가 지금 형에게 간다면 무슨 말을 할 수 있을까? 곰곰이 생각해 봐도 뾰족한 수가 떠오르지 않았다.

엄마가 애지중지 키우던 풍란이 죽었다. 늘 초록빛을 띠던 건강한 뿌리가 허옇게 말라 버렸다. 비가 오나 눈이 오나 바람이 부나 아침이면 풍란에 물을 주며 "잘 자라라."라고 다정하게 말을 걸던 엄마는 사라지고 없었다. 대신에 방문을 굳게 닫고 침대와 하나가 된 형에게 아침마다 학교에 가자고 애걸복걸하는 엄마만 있을 뿐이다. 성실하게 학교를 다니던 형은 풍란처럼 죽고 없다. 나는 자신의 하루도 버텨 내지 못하는 사람을 형이라고 인정하기 싫었다.

"기준아. 약 먹고 학교 가자. 엄마가 데려다줄게. 1교시만 하고 오자, 응?"

뒤늦은 사춘기가 온 것이라고 엄마는 애써 현실을 부정하고 포장했지만 아빠도, 나도, 그리고 형도 알고 있다.

이 모든 문제의 시작이 '사춘기'라는 말로 단정 지을 수 없다는 사실을 말이다. 형만이 답을 찾을 수 있고 해결할 수 있다.

형의 책가방을 대신 들고 선 엄마가 울음을 간신히 참고 있었다. 나는 형에게 애원하는 엄마의 목소리에서 엄마의 눈물을 고스란히 느꼈다. 한편으로는 "차기준."이라고 형의 이름을 하염없이 불러 대는 엄마도 지긋지긋했다.

나는 있는 힘껏 형의 방문을 열어젖혔다. 그리고 엄마의 손에서 형의 책가방을 빼앗아 바닥에 내동댕이쳤다.

퍽!

"그만해! 형이 애야? 이러고 싶어? 형 때문에 집 안이 이게 뭐야!"

혀를 꾹꾹 눌러 가며 참았던 말을 쏟아 냈다. 엄마가 내 등을 찰싹 때렸다.

"차은준! 너 형한테 무슨 말버릇이야?"

"내가 왜! 욕을 한 것도 아닌데, 다 사실이잖아. 형 때문에 집 안 꼴이 엉망이잖아. 형만 힘들어? 다 힘들어. 아빠도 돈 번다고 힘들고, 엄마도 집안일 한다고 힘들어. 나는? 나는 평생을 잘난 형 그늘에 가려서 '형처럼 잘해야지, 형처럼!' 같은 소리만 들었어도 꾹 참고 지냈어. 근데 형은! 형은 뭐가 잘났다고 혼자 난리인데!"

분명 짜증 나고 화나는 마음에 속엣말을 꺼냈는데 눈물이 먼저 터졌다. 침대 위에서 이불을 뒤집어쓴 형이 꿈틀거렸다.

"야, 차기준! 엄살떨지 마."

나는 형을 향해 악을 썼다. 점점 마음의 병에 시들어 가는 형이나 아빠와 형 사이에서 눈물을 참고 무너져 가는 엄마를 보면서 아무것도 할 수 없는 중딩이라는 현실이 끔찍했다.

"그만두지 못해?"

엄마는 끝까지 형밖에 몰랐다. 나는 엄마의 시선을 피하지 않았다. 엄마가 화를 낼 때면 늘 딴청을 피우며 눈길을 피하던 나는 이제 더 이상 없다. 나는 베란다를 손가락으로 가리켰다.

"풍란이…… 죽었어. 엄마가 제일 아끼던 거."

엄마가 가르쳐 줬던 대엽풍란의 꽃말은 '인내'였다. 풍란이 죽고, 내 인내심도 서서히 바닥을 드러내고 있었다.

극심한 스트레스로 인한 우울증이 형의 병명이었다. 주위에서 수많은 고3들을 보았지만 그들은 평범했다. 작년에 우리 라인 17층에 살던 고3 형도 일 년 내내 무표정한 얼굴로 학교에 다니더니 올 초에 대학생이 되었다. 17층 형을 보면서 '아, 우리 형도 고3이 되고 시간이 지나면 대학생이 되겠구나' 했다. 시간이 지나면 당연히 오는 순리라고. 그러나 우리 형은 고2 막바지에 평범한 일상을 거부했다.

집으로 돌아가는 길이 예전 같지 않았다. 집은 더 이상 보금자리가 아니었다. 결석을 했거나 일찍 집에 돌아와 식물처럼 제 방에 누워만 있는 형이 있는 곳에는 혹한의 거리보다 더 차가운 기운이 흘렀다. 가족 간의 대화가 끊긴 지는 오래였고, 형의 이름을 부르는 엄마만 존재할 뿐이었다.

✉ 은준아. 한의원 가서 형 약 좀 받아 올래?

아파트 단지 앞에 다다르자 엄마에게서 문자 메시지가 왔다.

✉ 싫어.

고민조차 할 필요가 없는 메시지였다. 온통 형에게만 매달리는 엄마도 마음에 들지 않았다. 목요일 이 시간 즈음이면 엄마는 형을 데리고 정신과에 갔다. 상담을 위해서였다. 뭐든 혼자 알아서 하던 형은 이제 엄마가 없으면 안 되는 어린애가 되어 버렸다.

"병원이나 다니고 말지, 왜 주기적으로 한약을 먹이면서 나까지 동원하는 거야?"

지푸라기라도 잡으려는 엄마의 심정을 모르는 바는 아니었다. 형도 엄마의 이런 마음을 조금이라도 깨달았다면 여태 이렇게 무기력하게 있지 않았을 것이다.

어디서부터 잘못되었을까?

형도 자신의 속내를 꺼내 놓은 적이 없었다. 그냥 어느 날, 자퇴 선언을 한 그날 이후 우리 형은 내가 알던 차기준이 아닌 낯선 외계인이 된 것 같았다.

엄마에게서 더 이상 연락이 오지 않았다. 정신과를 함께 다니면서 엄마는 형의 진심을 알고 싶었을 것이다. 아니면 형의 진료 시간 내내 병원 복도, 혹은 어딘가에서 기도를 하고 있을지도 모르겠다.

 신은 우리 엄마를, 형을 돌아봐 주지 않았다. 어쩌면 세상에는 우리 형보다 더 급한 사람들이 많을 것이다. 그런 확신이 들었다. 그래서 나는 엄마의 기도를 들어주지 않는 신 대신 엄마의 심부름을 하기 위해 한의원으로 발길을 돌렸다.

 사거리 앞 가장 웅장한 건물 2층에 자리 잡은 '해독 한의원'을 올려보았다. '내 몸과 마음을 맑고 바르게'라고 적힌 홍보 문구가 인상적이었다. '난치 질환 전문 한의원'이란 병원 설명 옆에 '한방 성형'이란 문구를 발견하는 순간, 기대감이 순식간에 사그라들었다. 고장 난 마음을 성형해 줄 수 있다면 문제는 달라지겠지만 난치 질환과 성형 사이의 간극을 어떻게 받아들여야 할지 나는 알지 못했다.

 해가 졌다. 집으로 돌아가지 않았다. 형의 이름을 대고 한의원에서 받은 꾸러미는 화려했다. 황금빛 보자기에 쌓인 작은 상자를 들고 탄천으로 향했다. 어둠이 내려앉은 탄천에 가로등이 들어오자 낮과 다른 풍경이 펼쳐졌다. 탄천을 산책하는 사람들의 표정이 한결 여유로워 보이는 것은 나의 착각일까?

버드나무 아래 벤치로 다가갔다. 남자애가 벤치 옆에 자전거를 세워 놓고 휴대폰을 들여다보느라 여념이 없었다. 누군가와 즐거운 톡을 주고받는지 연신 히죽댔다. "앗싸."라고 감탄사를 외치기도 했고, 머리를 긁적이기도 했다. 그러더니 큰 소리로 웃고는 자전거를 황급히 타고 가 버렸다.

나는 벤치에 앉아 물가에 닿을 듯 가지가 늘어진 버드나무를 관찰했다. 가로등 불빛과 멀리 차도에서 번져 오는 자동차 불빛과 달빛이 탄천 수면에 번졌다. 빛이 번진 수면을 버드나무 가지가 바람에 흔들릴 때마다 톡톡 건드렸다.

나는 보자기를 풀어 상자 안에 든 동글동글한 환을 꺼냈다. 손바닥에 감기는 금박 옷을 입은 환은 형이 먹을 약이다. 이 환을 먹는다고 형이 예전으로 돌아올까 의문이 들었다. 나와 함께 캐치볼을 하던 형으로 돌아올 수만 있다면 이런 심부름은 얼마든지 대환영이다. 그러나 형은 변함이 없었다. 한없이 가라앉고 있었다.

손에 쥐고 있던 환을 탄천을 향해 던졌다. 침대에 누워 꼼짝하지 않는 형을 떠올리며 형에게 던지듯 있는 힘껏 금박 옷의 환을 던졌다. 금빛 환이 형을 향해 별처럼 쏟아지는 상상을 했다.

"그래도 형이잖아. 그러니까 일어나!"

남은 환을 몽땅 허공에 던졌다. 형이 수많은 것들 중에 하나라도 잡았으면······.

캐치볼을 함께 하던 형의 웃는 얼굴이 탄천 수면 위로 떠올랐다.

"형이, 하나를 잡았다. 나이스 캐치!"

괜 히 고 백 했 어

지호와 채린

사랑은 왜 짝피구를 통해 드러날까?

티 나지 않게 조심한다고 했는데 홀랑 드러나고 말았다. 이래서 사랑과 방귀는 결국에 들키고 만다는 것인가? 짝피구가 이렇게 위험한 운동이란 것을 나연서 때문에 알았다. 공이 나연서 쪽으로 날아가는 것을 보자마자 내 몸이 먼저 반응을 했다.

"야, 홍지호! 너 때문에 나까지 죽었잖아."

내 짝인 김채린이 불같이 화를 냈다. 하긴, 나라도 울화통이 치밀었을 것이다. 짝피구를 하는데 정작 내 짝은 내 버려두고 다른 애를 구하러 가는 꼴이라니!

내가 나연서를 대신해서 날아오는 공을 맞는 바람에 내 등 뒤에 매달려 있던 김채린까지 헛발을 디뎌 같이 아웃되고 말았다.

"어떡해…… 미안."

나연서가 기어 들어가는 목소리로 사과를 건넸다. 나는 꿈에라도 나연서에게 부담을 주기 싫었다.

"아…… 아니. 괜찮…….”

"괜찮긴 뭐가 괜찮냐? 나연서, 홍지호가 너 좋아하나 보다."

김채린이 버벅대는 날 보더니 피식거렸다. 김채린의 말에 아이들이 야유를 보내고 주위 공기가 확 달라졌다. 분명 장난인 것을 아는데 나연서를 향한 내 마음은 진심이라서 까불 수가 없었다. 입안에 침이 바싹 마르고 괜히 체육복 바지에 손바닥을 문질렀다.

"오오, 홍지호! 드디어 여친 생기는 건가?"

짓궂은 몇몇이 휘파람을 불고 난리법석이었다. 나는 나연서 눈치를 살폈다. 조금이라도 나연서가 불쾌하거나 싫은 기색을 보이면 어떡해야 할지 가슴이 조마조마했다. 짝사랑을 그만두고 제대로 한번 고백을 해 보자고 마음먹은 때라서 엉뚱한 일로 망칠 수는 없는 노릇이었다. 나연서와 관련된 일이라면 뭐든지 조심스럽게 움직여야 했는데 공에 맞는 나연서를 가만히 두고 볼 수는 없었다. 짝피구는 우리 팀의 패배로 끝났다.

"홍지호. 너 진짜 나연서한테 마음 없어?"

김채린, 얘는 포기라는 걸 모르는 애처럼 굴었다. 아웃돼서 더 이상 나연서를 구해 줄 수도 없는 신세인데 자꾸만 귀찮게 굴었다.

"없어, 없어, 없다고! 됐냐?"

나도 모르게 버럭 소리를 질렀다. 도대체 내가 왜 내 마음을 나연서가 아닌 김채린한테 먼저 보여 줘야 한단 말인가! 한겨울인데도 이리 뛰고 저리 뛰었더니 비릿한 땀내가 났다.

"진짜야?"

바로 등 뒤에서 들려오는 나연서의 목소리에 꼼짝달싹할 수가 없었다. 몸이 얼어붙더니 입도 얼어붙었다. 뒤를 돌아보니 여유롭게 물병을 열며 장난스레 말을 거는 나연서가 눈에 들어왔다.

"나한테 마음 없다는 증거를 대 봐."

예상하지 못한 나연서의 말에 두뇌에 버퍼링이 걸렸다. 주위 몇몇이 또다시 구경꾼 노릇을 하려고 들었다. 야유와 함께 내 이름과 나연서 이름을 외쳤다. 그런데 나연서는 아무렇지 않은 모양이다. 웃기만 하는 나연서가 얄미워지려고 했다.

마음 없다는 증거를 대라고? 오케이!

물을 마시는 나연서의 팔을 일부러 툭하고 건드렸다. 불시에 물벼락을 맞은 나연서가 눈을 동그랗게 뜨고 날 쳐다보았다. 주위에 아이들이 "오오, 홍지호 변심했네."라며 놀려 댔다. 짝사랑을 티 내지 않으려고 꾹꾹 눌러 담은 것도 억울했고, 나연서한테 혹시나 민폐를 끼치지나 않을까 전전긍긍했던 것도 속상했다. 누가 그랬던가? 더 많이 좋아하는 사람이 억울한 법이라고.

"야! 홍지호!"

날 향해 소리를 지르는 나연서에게 눈이라도 흘겨야 하는데 화내는 듯한 모습까지 좋아 보이니 큰일이었다.

"시원하라고, 너."

농담조로 말하며 내 마음을 숨기고 싶다는 생각뿐이었

다. 웃음기가 싹 가신 얼굴로 옷에 물기를 닦던 나연서가 내 앞에 바싹 다가섰다. 너무 가까워서 얼굴의 솜털이 다 보일 지경이었다. 나는 숨을 참았다. 내 콧바람이 나연서에게 닿을까 걱정이 되었다. 콧바람마저 떨리니 어쩌란 말인가.

빤히 내 눈을 보던 무표정한 나연서의 입가가 조금씩 움찔거리더니 부드럽게 휘어졌다. 그리고 얼굴 가득 미소가 번졌다. 늘 내가 봐 왔던 나연서의 트레이드마크였다.

"봐줬다. 너도 아까 피구에서 나 살려 줬으니까."

그러지 말지.

나연서는 쿨했다. 정말이지 어쩔 수 없다. 그만 좋아하려고 해도 나연서가 이렇게 나오면 나도 내 마음을 멈출 수가 없지.

체육관을 빠져나가는 나연서의 뒷모습을 바라보며 실없이 웃고 말았다. 누가 볼까 봐 괜히 기침하는 척을 하며 팔로 입을 가렸다 팔뚝에 대고 몰래 웃었다. 자기를 살려 줬다는 나연서의 말을 떠올리며 혼잣말을 중얼거렸다.

"내가 아니라 네가 날 살렸다, 나연서."

살면서 수행 평가를 반가워하는 일이 생기다니!

제비뽑기에서 나연서와 같은 모둠이 되었다. 그 어떤 역할이 주어진대도 난 거부하지 않으리. 수행 평가를 위한 모둠 단톡방이 따로 생긴 날, 휴대폰에서 얼굴을 뗄 수가 없었다.

"홍지호. 너 오늘 너무 웃는다아?"

김채린이 내 옆구리를 쿡 찔렀다. 얘는 날 놀리는 재미로 학교에 다니는가 보다. 하굣길의 날아갈 듯한 기분을 망치고 싶지 않았다.

"야, 너 먼저 가."

"싫다. 오늘 너희 집에 들러서 우리 그릇 가져가야 한다고."

하필이면 김채린이 우리 앞집에 살아서!

지속적으로 저 보기 싫은 얼굴을 봐야 한다는 게 스트레스다. 이참에 김채린에게 경고를 해야겠다.

"부탁인데, 제발 나연서한테 쓸데없는 소리 좀 하지 마."

"내가 뭘?"

좋다. 이렇게 나온다 이거지?

나는 어금니를 꽉 물고 억지웃음을 지으며 김채린이 나연서한테 건넸던 말을 그대로 재연했다.

"홍지호가 네 옷을 그렇게 만들었어? 왜 그럴까, 홍지호가? 이상하다. 홍지호 젠틀한데……. 흐아, 이딴 소리 하지 말라고! 나연서가 오해하잖아."

내가 자기를 흉내 내는 모습을 가만히 지켜보던 김채린이 입을 삐쭉 내밀더니 비아냥거렸다.

"넌 한참 멀었다, 홍지호."

응수했다간 괜히 말꼬리만 잡힐 게 분명해서 입을 꾹 다물었다. 버스 정류장 전광판을 살펴보며 딴청을 피웠다. 정류장 가림막에 온갖 광고 전단지가 어지럽게 붙어 있었다. 그중에는 '**사랑**하는 우리 ***해피**를 찾아 주세요*'라는 전단지가 눈에 들어왔다. '사랑'과 '해피'라는 단어는 굵은 소망체로 강조했다. 진도와 시고르자브종 그 중간 어디쯤으로 보이는 새하얀 개가 활짝 웃고 있는 사진이 나연서의 웃는 얼굴과 오버랩되었다.

"너같이 일 년 내내 지켜만 보다간 평생 짝사랑만 하다가 끝날걸? 나한테 고맙다고나 해. 일종의 질투심 유발 작전이라고. 사람 심리가 말이지, 다른 누군가가 옆에서 바람을 잡으면 없던 관심도 종종 생기는 법이거든."

 우리가 탈 버스가 전광판에 떴다. 사람과 사람 사이에 호감이란 감정을 이렇게 전략적으로 접근을 해야 되는 것인지 몰랐다고 하면 내가 어리석은 것일까? 하긴, 나도 나연서를 지켜보면서 좋아하는 마음을 고백하고 싶다는 생각과 거절을 당하느니 그냥 좋아하는 마음을 간직하는 게 낫다는 소극적인 결론 사이에서 오락가락했다. 무엇이 정답인지는 아직도 모르겠지만, 결국 답은 내가 찾아야 한다는 것은 잘 알고 있다.

 "그러니까 홍지호, 버스 놓치지 마라."

 김채린의 말이 끝나기가 무섭게 우리가 탈 버스가 정류장에 도착했다. 버스에 올라 단말기에 카드를 댔다.

 삐빅. 경쾌한 음이 버스 안에 울렸다.

 이 상태로 가다간 휴대폰과 자웅 동체가 될 것만 같았다. 쇠뿔도 단김에 빼라고, 버스가 오면 무조건 타고 보라는 김채린의 조언이 귓가에 맴돌았다. 우물쭈물하다가는 나연서를 짝사랑하는 많은 경쟁자들에게 밀려 그냥 끝나고 말 것이라는 부정적인 예측을 장담하면서.

김채린의 말투는 냉정했고 배려라는 건 눈곱만큼도 없었지만 무척이나 현실적이어서 인상에 남았다.

"네 말대로 버스에 일단 탔어. 그다음엔 어떻게 해?"

마음의 준비가 안 된 상태에서 나연서에게 고백하고 싶지 않았다. 솔직히 말하자면 고백할 용기가 없었다. 나연서가 나에 대해 어떻게 생각하고 있는지 짐작조차 못 하고 있는데 무턱대고 고백해서 곤란하게 만들고 싶지 않은 마음이 컸다.

"야, 넌 그게 문제야. 그럼 평생 짝사랑만 하다가 끝날 거야? 다른 애가 나연서랑 손잡고 다니는 것만 보다가 끝낼 거냐고. 홍지호야, 나연서 마음을 떠 보면 되잖아. 얼마나 심플해. 수행 평가 단톡방을 이용해. 일대일로 말을 걸어서 나연서가 바로 답장하면 희망이 있지. 그리고 톡 하면서 나연서 마음을 살피는 거야."

듣고 보면 누구나 생각해 낼 수 있는 간단한 방법인 듯했지만 막상 내 문제가 되니까 이러지도 못하겠고 저러지도 못하겠다. 누군가를 품고 있는 마음이 조심스럽고 간절한 이유겠다. 그렇다고 언제까지 지켜만 보고 있을 순 없지.

"최대한 아무렇지 않게, 평범하게."

나쁜 짓을 하는 것도 아닌데 행여 엄마가 방문이라도 벌컥 열까 봐 휴대폰을 들고 화장실로 갔다. 변기에 앉아 심호흡을 크게 하고 손가락 운동 후에 용기를 내서 나연서에게 개인 톡을 보냈다.

✉ 같이 수행 평가 하게 돼서 좋다……

이렇게 쓰고 보니 너무 노골적인 것 같아서 괜히 볼이 달아올랐다. '좋다'라는 마지막 말이 괜한 오해를 부르면 어쩌지? 너무 급하게 나연서에게 다가가는 건 좋지 않을지도 몰랐다. 좋다를 지우고 나니 굳이 수행 평가 얘기를 하려고 단톡방에서 나와 개인 톡을 하는 건 오바인가 싶었다. 고민 고민 끝에 이런저런 말들을 썼다가 지웠다가를 반복했다. 그러다가 보낸 건 그야말로 얼간이 같은 멘트였다.

✉ 수행 평가…… 시작했어? 하기 싫지 않냐?

톡을 보낼까 말까 하던 차에 헛손질을 해서 보내기 버튼을 누르고 말았다. 이불 킥이 아니라 보내기를 누르고 비명을 지르며 변기에서 벌떡 일어났다.

"하아, 어떡하지? 취소, 취소. 에잇, 미치겠네."

휴대폰을 움켜쥐고 '제발 읽지 마라'를 연신 외쳤다. 발 없는 말이 천 리를 가고 발 없는 5G가 만 리를 가는 법. 메시지 옆에 숫자 '1'이 사라지는 것만 뚫어지게 바라볼 뿐이었다. 그러나 사람 마음이란 것이 참으로 간사한 게 나연서가 내가 보낸 메시지를 읽지 않는 것을 확인하자 마음이 안절부절, 그야말로 초긴장 상태로 돌변했다.

내가 괜한 짓을 했나?

똥 누고 뒤도 안 닦은 것처럼 몹시 찝찝한 기분으로 화장실에서 나왔다. 휴대폰을 일부러 보이지 않는 곳에 숨겨 두었다. 그래 봤자 책가방 안이었다. 마음을 진정시키고 학원 숙제를 하려고 책상 앞에 앉았지만 온 신경이 책가방 안 휴대폰에 쏠렸다.

드륵! 진동 소리만 들려도 화들짝 놀라 책가방으로 달려갔다. 광고 문자였다.

드륵! 내일 점심에 축구하자는 문자였다.

드륵! 치매 어르신을 찾는다는 긴급 문자였다.

나연서에게 온 메시지는 없었다.

아에 안 읽었나?

톡 창을 연 순간, 메시지 창 옆 숫자 '1'이 사라졌다. 나연서가 내 메시지를 읽었다는 기쁨도 잠시, 그게 끝이었다. 답장은 없었다. 읽고 땡! 살면서 수많은 읽씹을 만나게 될 것이지만 짝사랑 상대에게 처음 보낸 개인 톡을 읽씹당하는 일은 어떤 마음가짐으로 대처해야 하는지…….

개인 톡을 보내고 부풀었던 마음이 피식 하고 쪼그라드는 기분이었다. 아니, 그냥 한 순간에 펑! 하고 터졌다는 것이 적절한 표현일 것이다.

나연서에게 답장은 오지 않았다. 노 답장은 노 관심과 동일한 의미겠지? 휴대폰 전원을 끄려다가 자존심이 상해서 그냥 창가에 올려 두었다. 창문을 활짝 열고 아무 잘못도 없는 휴대폰을 노려보며 저주했다.

"꽁꽁 얼어 버려랏!"

저주한다고 휴대폰이 동사할 것도 아니었고 나연서의 답장이 없는 것이 휴대폰 탓도 아니었다. 하지만 상처받은 내 마음을 다독일 핑곗거리가 필요했다. 오지 않는 답장을 기다리며 실망의 늪에 빠져 허우적거리는 내 꼴이……. 뭐, 별수 있나?

차가운 공기가 열린 창을 통해 방 안으로 쏟아졌다. 몸서리치며 창문을 닫았다. 보일러가 돌아가기 시작했다.

드륵, 드르륵!

✉ 홍지호, 자?

누워서 자려던 참에 나연서에게 개인 톡이 왔다. 귀가 밝아서 다행이었다. 이불 킥을 하며 자리에서 벌떡 일어나 앉았다. 나도 모르게 무릎을 꿇고 휴대폰 화면을 경건한 마음으로 주시했다. 심호흡을 하고 속으로 '침착'을 되뇌면서 나연서가 보낸 메시지의 답장을 쓰려던 찰나, 나연서에게 또다시 톡이 왔다.

✉ 학원 갔다 와서 과외하느라 답장이 늦었어. 미안. 수행 평가도, 숙제도 없는 세상에서 살고 싶다아~☹

눈앞에서 보이지 않아도 충분히 나연서의 목소리와 행동이 고스란히 그려졌다. 특히 '☹' 이모티콘을 내게 보내다니! 이것은 분명 단순한 감정이 아니란 의미? 학교에서 얘기해도 될 것을 굳이 자정이 넘은 시간에 개인 톡 답장을 해 줬단 사실은 그린라이트로 해석해도 될 것이다. 사과하는 나연서의 메시지 한 통에 섭섭했던 마음이 눈 녹듯 사르르 사라졌다.

밤이 늦도록 우리는 소소한 이야기를 나눴다. 몸은 떨어져 있었지만 서로의 마음이 가까워지고 있다는 게 메시지를 전하는 손끝을 통해 고스란히 느껴졌다. 불을 켜지 않아도 마음만은 그 어느 때보다 밝은 밤이었다. 누군가 내게 사랑이 어디서 오냐고 묻는다면 손끝에서부터 시작된다고 자신 있게 말할 수 있을 것 같았다.

평소와 똑같은 하루가 시작되었다. 달라진 것이 하나 있다면 나연서가 먼저 나에게 아침 인사를 건넸다는 것이겠다.

"좋은 아침, 호홍홍."

고작 인사 하나에 나연서와 나는 웃음을 터트렸다. 주

변에 앉은 애들이 '뭐야?', '왜 저래?' 의아한 눈초리를 보냈지만 우리는 괜찮았다. 끊어지지 않고 이어지는 웃음을 참으려고 숨까지 참았다. 누군가를 가슴에 가득 품은 마음을 참아 내기란 쉽지 않은 일이다.

뒤에 앉은 김채린이 볼펜 끝으로 내 등을 꾹 찍었다.

"니들…… 뭐야?"

"뭐긴 뭐야. 그냥 웃은 거지."

시치미를 떼기 힘든 아침이었다. 나연서 입에서 흘러나온 '홍홍' 소리가 듣기 좋았다. '홍홍'은 초등학교 때 내 별명이었다. 톡을 하면서 내가 왜 한때 애들한테 '홍홍'으로 불렸는지 나연서한테 이야기해 줬다. 수업 시간에 애들끼리 서로를 부르는 암호를 정하기로 했는데 내 성인 '홍'은 홍홍홍, 웃는 소리와 비슷해서 애들이 가장 부담 없이 암호명을 불러 댔다고 말이다. 나중에는 너도나도 "홍홍홍." 하는 바람에 나를 부른 것인지 그냥 웃은 것인지 헷갈려서 혼났다고도 설명해 줬다. 나연서는 별것 아닌 이야기에도 참 잘 웃었다. 웃는 이모티콘이 톡방에 가득했다.

나연서가 웃는 이모티콘을 한 번씩 보낼 때마다 나를 향한 애정 마일리지가 차곡차곡 쌓이는 기분이 들었다.

"호오오홍, 웃기네. 초딩 때 암호명까지 알려 주고. 아주 신나셨어, 홍지호."

김채린을 속이느니 귀신을 속이라는 말이 맞다. 하긴 얘는 내 반평생을 앞집에 살면서 나의 온갖 치부와 비밀을 미주알고주알 파헤친 애였지.

"잘해 봐."

더 놀릴 줄 알았는데 김채린이 문제집으로 시선을 돌렸다. 어떻게 나연서 마음을 사로잡았느냐고 꼬치꼬치 캐묻지도 않았다. 수학 문제를 푸는 까만 머리통이 왠지 삐친 것 같아 보이기도 했고, 쓸쓸해 보이기도 했다.

나연서는 나와 비슷한 점이 많았다. 새침한 아이라고 생각했는데 장난치는 걸 꽤나 좋아했다. 수학 시간에 갑자기 "홍홍홍." 하고 소리를 내서 깜짝 놀랐다. 모범생인 나연서가 문제를 풀다 말고 낸 소리에 수학 선생님은 나연서에게 다가가 "연서, 어디 아프니?"라며 기침감기에 걸렸느냐고 묻기까지 했다.

"저, 하나도 안 아파요. 그냥 기침이 나오더라고요."

나연서는 눈 하나 깜짝 않고 변명을 했다. 나는 그 모습에 웃음을 참느라 허벅지를 주먹으로 때렸다. 나연서가 내

쪽을 바라보더니 미소를 지었다.

"잘들 한다."

등 뒤에서 김채린이 비꼬듯 한마디 했다. 잘해 보라고 할 때는 언제고 그새 마음이 바뀌었나 보다. 나연서와 나의 하루하루가 계속 이런 상태라면 고백까지 얼마 걸리지 않을 것이다. 아마도 크리스마스 전에 나는 나연서의 남친이 되어 있지 않을까?

나의 모든 장난을 다 받아 주던 나연서하고 톡으로 밤마다 연락하고 학교에서도 아무렇지 않게 장난을 치고, 그렇게 잘 지냈다. 나연서도 나와 같은 마음일 거라고 확신에, 확신을 더해 갔다. 그리고 온갖 시뮬레이션을 연습장에 써 가며 고백을 결심했다.

마른하늘에 날벼락이란 말은 속담집에서나 볼 수 있는 것으로 확신했는데 내 꼴을 설명하는 말이 될 줄 꿈에도 몰랐다.

공터에 버려진 의자에 앉아 하늘을 올려다봤다. 잔뜩 흐린 하늘이 지금 내 낯빛과 비슷하겠지. 개 한 마리가 내 옆으로 슬금슬금 다가와 주위를 어슬렁대더니 뒷산 쪽으로 사라졌다. 골목 입구 마트에서 김채린이 호빵 두 개를 사 들고 왔다. 집으로 오는 길 내내 흐느적대는 나를 곁눈질로 힐끔거리던 김채린이 지금의 내 상태를 모를 리가 없을 것이다.

"어디서부터 잘못된 것일까?"

대답 대신 김채린은 호빵이 담긴 봉투를 내 앞으로 내밀었다. 먼 하늘을 주시한 채 봉투에 손을 넣어 호빵 하나를 꺼냈다. 김채린이 내 손등을 소리 나게 때렸다.

"그거 야채야. 정신 차려."

나는 야채 호빵을 싫어했다. 야채는 김채린 몫이었다. 다시 봉투에 손을 넣어 피자 호빵을 꺼냈다.

"내 연습장을 연서가 본 게⋯⋯. 하⋯⋯ 어떻게 고백할지 적어 놓은 것 보고 '난 이렇게 대놓고 남들 알게 고백하는 건 좀 그렇더라'라고 했는데⋯⋯. 그때 나한테 실망했나?"

독백을 연습하는 배우처럼 중얼거리자 야채 호빵을 옆에서 씹던 김채린이 단호하게 굴었다.

"야, 그만해라. 아니면 아닌 거야. 끝났다고."

이상하게 김채린의 말이 더 서운했다.

"나연서도 내가 자기랑 연락을 제일 많이 하는 남자애라고 했단 말이야!"

김채린이 어처구니없는 표정으로 날 쳐다보고는 남은 야채 호빵을 봉투 안에 던지듯 쑤셔 넣더니 똥 밟은 표정을 지었다. 그러나 내 눈에 김채린은 모든 정답을 다 아는 현자처럼 보일 뿐이었다.

"김채린. 예전처럼 연서랑 연락도 하고 학교에서도 어색하지 않게 지내고 싶은데 어떻게 하면 되냐?"

겨울인데 마른하늘을 찢고 천둥 치는 소리가 공터에 메아리쳤다.

"하아, 이런…… 등신."

괜히 고백했다. 짝사랑은 짝사랑으로 남겨 둘걸. 나한테 욕하는 것을 보니 김채린도 고백하고 차인 뒤에 다시 친구 모드로 돌아가는 조언 따위는 갖고 있지 않는 게 틀림없었다.

해 피 를 찾 아 서

한솔과 해피

차창 밖으로 진눈깨비가 흩날렸다. 차 안 공기는 무겁고 서늘했다. 아버지가 히터를 틀지 않은 이유 때문이었다. 갑작스러운 부고 소식에 경황이 없었던 것이라 생각하기로 했다. 평소 아버지 캐릭터를 고려한다면 기름 한 방울 안 나오는 나라에서 무슨 히터냐 하겠지만 상황이 상황이니만큼 할 소리는 아니었다.

어젯밤 저녁 뉴스에서 고독사에 관한 심각성을 앵커가 떠들어 댄 지 만 하루도 안 돼서 그 고독사의 주인공이 우리 외할아버지가 될 것이라고는 우리 가족 누구도 예상하지 못했다.

"이렇게 가실 줄 알았으면 이번 생일상은 우리 집에서 차려 드릴 걸 그랬어."

여태껏 눈물을 꾹 참고 있던 어머니가 장녀로서의 책임감 운운하더니 흐느끼기 시작했다. 아무래도 휴게소 제과점 유리 진열대에 있던 고구마 케이크가 눈물샘을 자극한 모양이었다. 사실 외할아버지가 고구마 케이크를 선호했는지 여부는 잘 모르겠다. 외할아버지 댁에 방문할 때면 당연한 듯 간식거리로 고구마 케이크를 사 갖고 갔을 뿐이다. 차 소리가 나면 외할아버지는 비가 오나 눈이 오나 바람이 부나 슬리퍼를 신고 마당으로 뛰어나왔다. 고구마 케이크 때문에 그렇게 다급히 밖으로 나온 것이라고 생각하지 않겠다.

옆에서 누나가 호두과자를 씹으며 문제집을 뚫어져라 노려보고 있었다. 누나는 평생 혼자 있어도 고독사는 모를 사람이었다. 매일 계획과 목표를 세우고 앞만 보고 달리는 사람이니까. 호두과자를 제일 큰 사이즈로 사 놓고도 나한테 먹어 보라는 권유조차 하지 않는 사람이 우리 누나였다. 나는 그런 누나가 질색이었고 외할아버지 댁에서 종종

다툴 때면 할아버지를 이렇게 나를 달랬다.

"누나가 욕심이 많아서 그래. 큰사람이 될 거야. 우리 한솔이는 그런 누나를 잘 이해해 주는 더 큰사람이지?"

누나를 이해해 주고 싶은 마음은 쥐똥만큼도 없었지만 느리고 웃음기가 담긴 할아버지의 목소리를 듣고 있으면 저절로 "네." 하면서 긍정의 신호로 고개를 끄덕이게 되었다. 그러면 할아버지는 누나 몰래 숨겨 뒀던 마름모꼴 설탕이 듬뿍 묻은 박하사탕을 건네주었다. 할아버지의 최애 간식이었다. 나는 박하사탕 표면에 묻은 설탕은 좋았지만 콧구멍은 물론 가슴까지 서늘해지는 박하향은 별로였다. 하지만 내게 사탕을 몰래 건네며 뭔가 대단한 비밀을 나누는 듯한 할아버지의 표정 때문에 박하사탕을 거절하지 못했다.

"그만 울어. 머리 아파. 장인어른 연세면 호상이야."

아버지가 어머니를 위로한답시고 내뱉은 말은 최악이었다.

"호상이 세상에 어딨어! 자기 아버지 아니라고 그런 소리하는 거야?"

나는 백미러를 통해 운전하는 아버지의 표정이 어떻게

변하는지 살폈다. 평소라면 어머니한테 무슨 말을 그렇게 하느냐고 교양 운운했을 아버지가 입을 꾹 다물고 있었다. 뺨이 불룩거리는 것을 보니 참느라 어금니를 꽉 깨무는 것 같았다. 어머니는 백 세 시대에 여든여덟 생일상을 받고 한 달 만에 돌아가신 외할아버지를 원망하는 것으로 자신의 마음을 다잡으려고 애썼다.

"평소 그렇게 성질 급하게 굴더니만 아버지는 왜, 저승까지 이렇게 갑자기 간 거냐고."

호두과자 봉투를 구기더니 누나가 어머니를 향해 말했다.

"그러고 보니까 외할아버지는 우편물도 항상 익일 특급으로 부쳤어. 어차피 하루이틀 차인데."

잊고 있던 사실을 누나가 기억하고 있었다. 역시 우등생의 기억력은 달랐다. 외할아버지가 익일 특급을 선호하는 바람에 나는 매년 생일 선물을 사나흘 전에 받을 수 있었다.

"아, 진짜! 이번 기말고사 진짜 잘 봐야 한다고. 내신 망하면 내가 원하는 대학이랑 멀어진단 말이야. 나는 그냥 집에 있겠다니까. 과외까지 빼먹고 이게 뭐야……."

누나의 입에서 흘러나온 말은 그야말로 최악 중의 최악이었다. 외할아버지는 이런 누나를 늘 욕심이 많은 건 좋은 것이라며 큰사람이 될 거라고 했지만. 내가 보기에 누나는 그냥 자기 욕심만 챙기는 이기적인 인간이었다.

"이해솔! 너 진짜 말을 싸가지 없게 그 따위로밖에 못해!"

백미러로 보이는 아버지의 인상이 구겨진 종잇장 정도가 아니라 완전히 우그러진 호일처럼 변했다. 조수석에 앉아 있던 어머니가 안전벨트를 풀더니 몸을 뒤로 돌려 누나를 향해 핸드백을 던졌다.

"앗, 아파. 나 S대 못 가도 뭐라 하지 마."

"이 기지배가 진짜! 너, 엄마 죽어도 그딴 소리 할 거야?"

외할아버지를 향해 가고 있었지만 누구도 외할아버지를 생각하지 않는 사람처럼 굴었다. 라디오에서 귀에 익숙한 트로트가 흘러나왔다. 외할아버지가 즐겨 듣던 노래였다.

"할아버지, 외로웠겠다."

창문에 이마를 대고 창밖을 바라봤다. 이마가 시원했다. 진눈깨비는 그칠 생각이 없는지 더 세차게 흩날렸다.

마을 입구에 들어서자 해피가 떠올랐다.

해피는 어떻게 하고 있을까?

고독사 뉴스에 이어 외할아버지 댁에 다다를 때쯤 라디오에서 반려견을 유기한다는 문제를 떠들어 댔다.

주유소에서 아버지는 차를 세웠다. 동네 입구에 자리한 주유소에서 외할아버지 댁까지 멀진 않았다. 도보로 10분이면 충분했다. 아버지는 차에 주유를 하고 장례식장이 준비되면 나중에 데리러 오겠다면서 누나와 나를 내려놓고 외할아버지가 안치되어 있다는 병원으로 향했다. 누나와 나는 외할아버지 댁을 향해 천천히 걸었다. 반겨 줄 외할아버지가 더 이상 없다는 사실 때문에 발걸음이 저절로 느려진 것인지, 아니면 빈집에 대한 두려움이 마음속에서 머리를 든 까닭인지 알 수가 없었다. 바람이 점점 매서워졌다. 누나는 걷는 내내 투덜댔다. 춥다, 할아버지 댁에 인터넷이 안 되면 죽어 버릴 거다, 인강까지 못 듣게 되면 열폭하고 말 거다 등 하나같이 자기밖에 모르는 멘트만 남발하는 누나를 향해 몰래 눈을 흘겼다.

초록색 대문이 열려 있었다.

"헉. 야, 한솔아. 도둑 든 거 아냐?"

나는 누나의 말을 무시하고 마당으로 들어서자마자 큰 소리로 해피를 불렀다. 잘 정리된 마당, 외할아버지의 발이 되어 준 오토바이, 오토바이 손잡이에 걸려 있는 잘 닦인 헬멧, 그리고 초록색으로 칠해진 나무 지붕이 근사한 해피의 집까지 변한 건 어디에도 없었다.

"해피!"

컹.

딱 한 번만 짖으면서 뛰어나와야 할 해피가 보이지 않았다.

"누나, 해피가 안 보여."

"할아버지가 돌아가셨는데 집에 가만히 있겠니? 따라갔겠지, 병원에. 걔가 어떤 앤데."

걱정하는 기색 하나 없이 누나는 제 할 말만 하고 집 안으로 들어가 버렸다. 현관 입구에 해피가 자리 잡고 앉는 방석이 놓여 있었다. 해피를 절대 집 안에 들이지 않는 외할아버지의 철칙이 해피의 방석에 드러나 있다. 방석 귀퉁이에 해피가 가장 좋아하는 개껌이 그대로 있었다. 최애인 개껌을 두고 갈 만큼 다급하게 해피는 어디로 갔을까.

진눈깨비가 그친 하늘이 까맣게 물들고 있었다.

해피는 똑똑한 개였다. 산에서 내려오던 길에 해피를 처음 발견한 외할아버지는 해피를 두고 이렇게 말했다.
　"길거리 출신치고 똑똑해서 내가 널 데려가마. 난 사람이고 짐승이고 미련한 놈은 별로거든."
　외할아버지 기준에서 똑똑하다는 의미는 염치가 있는 것을 뜻했다. 누가 가르쳐 주지도 않았는데 해피는 할아버지가 부르면 한달음에 달려왔고 혼내면 삐쳤다. 그러다가도 할아버지가 "미안하다. 이 어린 것을 누가 이리 야멸차게 혼냈을꼬?" 하면 가만히 할아버지 품에 안겼다. 그 모습을 보고 할아버지는 제 살길을 잘 아는 영특한 녀석이라고 칭찬을 아끼지 않았다.
　길에서 데려온 해피가 어느 정도 자라자 할아버지는 해피를 위해 집을 지었다. 어버이날이었다. 지난 설 명절에 가족끼리 해외여행을 가느라 외할아버지를 찾아뵙지 못했다는 부채 의식 때문인지 어머니와 아버지는 새벽부터 외할아버지 댁에 한우를 사 들고 갔다. 그러나 정작 외할아버지는 해피 집에 온 정신이 팔려 우리를 반기는 둥 마는 둥이었다. 어머니는 그런 외할아버지의 태도를 보고 "아버지가 많이 섭섭하셨나 보네."라고 혼잣말을 하며 식사 준비를 했다.

"한솔아. 네가 봐라. 여기에 작은 마루를 만드는 게 좋겠니?"

외할아버지는 해피가 잠들 집 앞에 포치를 만들어 주고 싶은 눈치였다. 내가 머뭇거리자 외할아버지는 남은 원목 재료를 이리저리 대보며 말했다.

"한솔이 네가 해피다, 생각하고 말해 봐. 집 안에만 있으면 답답할 테니 여기 앞에 마루를 놔 주고 그늘도 생기게 작은 지붕도 덧대면 낫겠지?"

사람인 내게 개가 돼서 생각해 보라니! 하나밖에 없는 손자한테 너무 무리한 요구를 하는 게 아닐까 싶었다. 해피는 내 곁에 얌전히 앉아 외할아버지가 자기 집을 만드는 과정을 묵묵히 바라보았다.

"저기 평상에 있는 페인트통 좀 가져와라."

외할아버지가 손으로 가리키는 곳에 초록색 페인트통이 있었다. 자리에서 엉덩이를 떼고 일어서자 해피가 날 따라왔다. 내가 페인트통을 들자 두 발로 일어서서 내 다리에 매달렸다.

"같이 들자고? 형이 공짜로 들어 줄게. 대신 해피는 우리 할아버지 말씀 잘 들어라."

나도 심부름꾼인 주제에 해피한테 형 노릇을 했다. 해피의 꼬리가 경쾌하게 돌아갔다. 해피는 이름대로 늘 행복한 개였다. 일 년에 몇 번 얼굴을 비추는 우리 가족보다 해피가 할아버지의 진짜 가족이었다.

정성스러운 손길로 할아버지는 지붕을 점차 초록색으로 물들여 갔다. 해피가 할아버지에게 달려들자 손등으로 해피를 밀어내며 엄하게 꾸짖었다.

"해피, 냄새나. 코 아파요. 저리 가."

정작 할아버지의 손자는 마스크도 못 쓰고 페인트 냄새를 고스란히 맡고 있는데 할아버지는 해피를 떼어 내려고 어르고 달래기를 반복했다.

"할아버지. 왜 초록색 지붕이에요?"

내 질문에 할아버지의 대답은 간단했다.

"초록 지붕집 자손 아니냐. 우리 집 대문이랑 지붕이 초록색이니 해피 집 지붕도 당연히 초록색이지."

SNS에 소개되는 화려한 반려동물처럼 예쁜 옷을 입혀 주거나 맛난 간식을 사 주는 것도 아니고, 따로 산책을 시켜 주고 유치원에 보내거나 할아버지 침대에서 함께 자고 집 안에서 늘 같이 생활하는 것도 아니면서 할아버지는 나름의 방식대로 해피를 가족으로 여기고 있었다. 외할아버지가 밭에 갈 때면 해피도 항상 함께 따라 나섰고, 새참을 먹을 때면 할아버지가 따로 챙겨 온 삶은 고구마나 단호박을 먹었다. 그리고 둘은 대부분의 시간을 마당 평상에서 보냈다. 평상에서 할아버지는 아침저녁을 해피와 함께 먹었다. 할아버지는 평상 위에서, 해피는 평상 아래에서 밥을 먹었다. 둘은 평상에 누워 낮잠을 자기도 하고 함께 라디오를 틀어 놓고 별을 보기도 했다. 할아버지가 마당을 청소할 때면 해피는 쓰레기봉투를 물어다 주며 제 몫을 해냈다. 그때마다 할아버지는 고맙다는 인사를 잊지 않았다. 고맙다는 할아버지의 인사를 받을 때면 해피는 까만 눈동자로 할아버지를 빤히 쳐다봤다.

할아버지는 해피의 우주 같은 까만 눈동자를 보며 무슨 생각을 했을까?

해피와 할아버지가 헤어질 때는 잠자리에 들 시간뿐이었다. 어쩌면 해피는 꿈에서도 할아버지와 함께 걷고 같은 풍경을 바라보고 있었을지도 모르겠다.

한바탕 조문객들이 몰려가고 어머니는 탈진했는지 탈의실로 쓰이는 작은 방에 들어가 나오지 않았다. 자정이 넘어가자 조문객의 발길이 뚝 끊겼다. 구석에 자리한 테이블에서 수학 문제를 풀던 누나가 하품을 하더니 텔레비전 리모컨을 찾아 채널을 돌렸다. 뉴스에서 역대 최고 한파가 몰려오고 있다며 떠들어 대고 있었다. 올해 설 명절에도 기상 캐스터는 똑같은 소리를 했었다.

"이렇게 추운데 해피는 어디로 갔을까?"

할아버지 뒤를 쫓아왔을 것이라고 믿었던 해피는 어디에도 없었다. 장례식장에 와서 나는 주변을 한참 둘러봤다. 해피는 종적은 감췄다. 어머니는 해피를 걱정할 여력이 없었고, 아버지한테 해피 얘기를 꺼냈다가 "지금 개가 문제야? 쯧쯧." 하며 면박만 받았다. 장례식장 구석에 쪼그려 앉아 피망 앱과 포인핸드 앱에 해피 실종 신고를 마쳤다. 골든 타임이 3시간이라는 문구가 가슴에 콱 박혔다. 해피는 이미 골든 타임을 한참 넘겼을 거였다.

조문 온 손님들에게 음료수를 나르던 나에게 어른들은 하나같이 "외할아버지 보고 싶어 이젠 어쩌냐?"라며 위로의 말을 건넸다. 나는 뭐라고 대답을 해야 할지 몰라서 그냥 가만히 듣고만 있었다. 아마도 외할아버지 생각이 가끔은 날 것이다. 하지만 할아버지가 보고 싶어서 울거나 밤잠을 뒤척이거나 할 것 같지는 않았다. 할아버지를 만나는 건 일 년에 고작 명절 때가 전부였고 많아야 세 번 정도였으니까. 언젠가 외할아버지는 내게 이런 날이 올 것을 예상이라도 했는지 이런 말을 해 준 적이 있다.

"살 부대끼며 살아야 가족이지. 그래서 먼 형제보다 가까운 이웃사촌이 낫다는 말이 있잖냐."

시니컬하게 별것 아니라는 듯 말하는 할아버지를 보며 "엄청 쿨하시네." 했던 기억이 났다. 할아버지는 늙으면 죽는 게 순리라고 말하면서 아쉬워할 것도 없다고 덤덤하게 말했다. 어머니는 나에게 이런 말을 건네는 할아버지를 보며 질색을 했다.

"아버지, 애한테 무슨 말이에요? 정 떨어지게스리."

하지만 나는 그렇게 생각하지 않았다. 오히려 할아버지는 다정한 사람이 아닐까, 다시 보게 되었다. 가족들 모두 할아버지를 잔정 없고 무뚝뚝한 노인이라고 생각했지만 나는 할아버지가 우리가 생각하는 것보다 훨씬 가족을 배려하는 사람이라고 믿었다. 특히 할아버지가 해피한테만은 진심이라고 느꼈다. 해피를 향한 할아버지 마음을 나한테 들켜 버렸기 때문이다.

오늘같이 추운 날이었다. 올 초, 설에 할아버지와 함께 해피를 데리고 산책 겸 근처 마트로 향했다. 날은 어둡고 바람은 매서웠다.

"할아버지, 해피도 추울 것 같은데……."

"개가 무슨 옷이야? 인간 좋으려고 하는 짓이지."

마트 앞에서 만난 다른 개는 우리 해피와 달리 두툼한 패딩 조끼를 입고 있었다. 체크무늬 조끼에 LED 불이 들어오는 야간용 목걸이를 하고 있는 개를 흘깃 보더니 할아버지가 해피 등을 두드렸다. 마치 '부러워하면 지는 거다'라고 무언의 협박과 조언을 담은 손짓이었다.

"한솔아. 우리 해피는 씩씩하다. 하나도 안 춥지. 그렇지, 해피야?"

해피는 늘 그렇듯이 할아버지를 가만히 바라보았다. 둘 사이에 내가 끼어들 수 없는 무언가가 존재하는 것을 느끼는 순간이었다.

"에이, 할아버지. 해피도 추울걸요? 해피야, 너도 예쁜 조끼 입고 싶지?"

"해피야. 한솔이 형이 억지 쓴다, 그치?"

해피가 밤하늘을 향해 크게 한 번 짖었다. 할아버지와 나는 마주 보고 웃었다. 해피 덕분에 할아버지와 나 사이에 무언가 훈훈한 기운이 스며드는 기분이었다. 할아버지가 목도리를 벗어 해피의 목에 둘러 주었다. 해피는 늘 그랬듯 가만히 할아버지를 뚫어져라 바라보았다.

삼일장을 마치고 다시 외할아버지 댁에 모였다. 할아버지의 물건을 정리하기 위해서였다. 혼자 사는 노인답지 않게 할아버지의 집은 늘 깔끔하게 정리되어 있었고 단정했다. 부고 소식을 듣고 왔던 당일, 누나가 내가 잠깐 머무는 동안 마시고 식탁 위에 그대로 두고 간 음료수 캔과 내가 누워 있던 소파 방석이 바닥에 떨어진 것이 옥의 티였다.

어머니는 더 이상 울지 않았다. 안방으로 들어가더니 할아버지 옷가지부터 챙겼다. 거래처와 통화를 끝낸 아버지에게 삼촌이 물었다.

"매형, 내가 유튜브에서 봤는데 일단 아버지 휴대폰부터 찾아야 해요. 아버지가 빌려준 돈도 있다는 것 같은데. 그래야 정리가 된다고……."

어른들의 걱정은 내가 고민하는 지점과 한참 동떨어져 있었다. 하마터면 삼촌의 말에 소리 내어 웃을 뻔했다. 삼촌은 외할아버지 휴대폰에 뭐가 있는지 알고나 하는 소린지.

"아, 제발 해피가 할아버지 폰 갖고 튀었으면 좋겠다."

"뭐? 해피가 뭘 갖고 가?"

누나는 이럴 때면 귀가 밝았다. 이래서 영어 듣기 평가를 매번 만점 받는지도 모른다. 나는 할아버지 창고 방으로 갔다. 어머니는 잡동사니 방이라고 질색하는 공간이다. 하지만 창고 방은 할아버지의 일탈을 보여 주는 현장이기도 했다.

해피 사진을 찾아야 했다. 가족 누구도 해피의 행방을 걱정하지 않았다.

"때가 되면 돌아오겠지. 똑똑한 녀석이니까."

아버지는 지나치게 해피를 신임했고, 어머니는 "지금 해피가 문제니?"라며 야멸찬 소리를 했다. 어릴 적 개에게 물린 트라우마가 있던 어머니는 할아버지가 해피를 집에 데려왔을 때부터 못마땅해한 사람 중 한 명이었다.

나는 책장부터 살펴보았다. 오래된 책들에서 먼지 냄새

가 났다. 할아버지는 자기 개발서, 경제 이론, 소설, 시집, 에세이, 미술 이론에 이르기까지 다양한 책을 읽었다. 최근에는 어린애들이 볼 법한 그림책도 모으기 시작한 모양이었다. 책상에 그림책 서너 권이 쌓여 있었다. 하나같이 강아지가 주인공인 그림책이었다. 책상 서랍을 열어 보니 각종 영수증과 필기구가 가지런히 정리되어 있었다. 그리고 작은 수첩이 있었다. 똑같은 브랜드의, 같은 크기의 수첩들이었다. 비밀 일기를 훔쳐보는 기분으로 수첩을 펼쳤다.

"이게 다 뭐야?"

깨알 같은 글씨로 온 가족에 대한 기록이 적혀 있었다. 어머니와 아버지 생일은 물론이고 결혼기념일, 누나와 내 생일에 보냈던 선물 목록, 삼촌과 숙모의 방문일, 그리고 해피를 데려왔던 날부터 함께 보낸 날들의 일상이 짧게 정리되어 있었다. 하나같이 간략했지만 할아버지의 본심은 그 누구보다 가족을, 손주들을 사랑하는 사람이었다. 다만 표현하는 방법을 몰랐던 것뿐이다. 그래서 그 표현을 연습하려고 해피와 함께했다는 것, 해피와 함께하면서 자신의 외로움을 가족들에게 감추고 있었던 것이 고스란히 드러났다.

 해피를 찾아야만 했다. 해피는 외할아버지의 외로움을 함께 나누고 위로해 준 유일한 가족이었다. 아무렇지 않게 잊혀서도 안 되고 '조만간 집으로 돌아오겠지'라고 별일 아닌 듯 여겨서는 안 되는 존재였다. 나는 해피에 대한 기록을 정성스럽게 적은 수첩을 들고 거실로 나갔다.

 "지금 당장 해피를 찾으러 가요! 해피는 할아버지의 유일한 가족이었다고요. 할아버지 마지막 가는 배웅도 해피만 못 했다고요!"

 발작에 가까운 내 외침에 아버지와 삼촌이 벙찐 표정을 지었다. 누나는 영어 단어 책을 덮고 거실 창밖으로 해피의 초록색 지붕 집을 내다봤다.

 "이게 다 뭐야?"

 안방에서 어머니의 외침이 들렸다. 나는 안방으로 들어갔다. 장롱에서 어머니가 찾은 것은…… 사랑이었다.

 나는 어머니의 손에 들린 물건을 보고 가슴이 시큰거렸다. 해피의 패딩 조끼였다. 눈앞에 선했다. 외할아버지는 올겨울의 한파를 대비해 해피에게 입힐 패딩 조끼를 혼자 사러 갔을 것이다. 살아 계셨다면 우리는 다가오는 설 명절에 외할아버지를 찾았을 것이고, 패딩 조끼를 입고 의젓하게 마당에 서 있는 해피를 만났겠지. 그랬다면 나는 아마도 할아버지에게 이렇게 말했을 것이다.

"해피는 안 춥다면서 해피가 입고 있는 건 뭐예요, 할아버지?"

초록색 패딩 조끼를 들킨 할아버지는 겸연쩍어하며 내게 조용히 변명을 늘어놓았을 것이다.

"올겨울에 한파가 그리 심하다더라. 그치, 해피야?"

거실 장식장에 놓여 있는 영정 사진 속 할아버지와 시선이 맞닿았다. 나는 해피를 찾아 밖으로 뛰어나갔다.

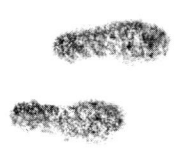

♡ 작가의 말

제법 괜찮은 오늘을 살았을 너희들에게

역 대합실 텔레비전 화면에 중학생이 술에 취해 경찰서에 가서 난동을 부린 사건 뉴스가 대대적으로 보도됐다.

"요즘 애들 무서워서, 원…… 세상이 말세야."

작가가 되고 강연을 다니면서 내가 만난 십 대 아이들은 악당이 아니었다. 분명 옳지 않은 행동을 하는 아이들도 존재할 것이나 그건 내가 십 대였던 때도 마찬가지였다. 요즘 아이들이 문제가 아니라 세상은 언제, 어느 때나 바람직한 사람이 있으면 옳지 않은 행동을 하는 사람이 있었다. 그럼에도 불구하고 세상이 돌아가는 건 악한 사람보다는 선한 사람들이 다수이기 때문이 아닐까?

내가 만난 아이들은 누구보다 건강하고 단단했다. 뉴스

에서 사건, 사고의 주인공으로 등장했던 십 대는 가상의 세계에서 벌어진 일처럼 낯설었다. 오히려 나는 어른인 우리의 탓은 아닌지 괜히 마음 한구석이 따끔거렸다. 청소년들의 밝고 긍정적인 모습을 찾으려는 노력을 하기보다 아이들의 한때 실수를 그들의 전부라고 치부하며 뉴스거리로 만들어 버린 어른들의 반성이 먼저 필요하지 않을까?

집 밖으로 나서면 온 동네 어른들이 내게 물었던 "아침밥은 먹었니?", "밥을 잘 먹어야 시험도 잘 보는 거다.", "그깟 시험 못 보면 다음을 노리면 되지."라는 다정한 안부가 유난히 그리운 오늘이다. 성적이 바닥을 쳐도 지구는 멸망하지 않는다던 담임 선생님과 밥 잘 먹으면 다 성공하게 되어 있다는 어른들의 괴상한 조언으로 나는 건강한 어른이 되었다.

이제는 내 차례가 왔다. 나만의 방식으로 내 주위의 십 대들에게 그들의 안부를 물어보려고 한다. 밝고 유쾌하게, 때로는 울컥 울렸다가 가만히 어깨를 두드려 주기도 하면서. "밥은 먹고 다니는 거니?"

으랏차차, 이송현

제법 괜찮은 오늘

초판 인쇄	2025년 10월 14일
초판 발행	2025년 10월 27일
지은이	이송현
펴낸이	이재일
책임 편집	한귀숙
디자인	김유진
편집·디자인	김채은, 진원지, 고은하
제작·마케팅	강지연, 강백산
펴낸곳	토토북
출판등록	2002년 5월 30일 제2002-000172호
주소	04034 서울시 마포구 잔다리로7길 19, 명보빌딩 3층
전화	02-332-6255
팩스	02-6919-2854
홈페이지	www.totobook.com
전자우편	totobooks@hanmail.net
인스타그램	totobook_tam
ISBN	978-89-6496-523-8 43810

© 이송현 2025

· 이 책은 저작권법에 의해 보호를 받는 저작물이므로 무단 전재 및 복제를 금합니다.
· 이 책의 내용 전문 또는 일부를 사용하시려면 저작권자와 출판사의 동의를 반드시 얻어야 합니다.
· 잘못된 책은 구입하신 곳에서 바꾸어 드립니다.
· '탐'은 토토북의 청소년 출판 전문 브랜드입니다.